Beni Yarım Bıraktın

Zeus Kabadayı

.... / .... / ....

Hayykitap - 953
Edebiyat - 211

Beni Yarım Bıraktın
Zeus Kabadayı

Hayykitap Edebiyat Yayın Yönetmeni: Caner Yaman
Kapak Tasarımı: Engin Albayrak
Sayfa Tasarımı: Turgut Kasay

ISBN: 978-625-7479-64-6
1. Baskı: İstanbul, Şubat 2022

Baskı: Yıkılmazlar Basım Yay.
Prom. ve Kağıt San. Tic. Ltd. Şti.
15 Temmuz Mah. Gülbahar Cad. No: 62/B
Güneşli - İstanbul
Sertifika No: 45464
Tel: 0212 630 64 73

Hayykitap
Zeytinoğlu Cad. Şehit Erdoğan İban Sk.
No: 36 Akatlar, Beşiktaş 34335 İstanbul
Tel: 0212 352 00 50 Faks: 0212 352 00 51
info@hayykitap.com
www.hayykitap.com
facebook.com/hayykitap
twitter.com/hayykitap
instagram.com/hayykitap
Sertifika No: 12408

Beni Yarım Bıraktın

Zeus Kabadayı

Zeus Kabadayı

Zeus Kabadayı, 1990 İstanbul Üsküdar doğumludur. "Hayalim", "Karanfil" ve "Haykırış" isimli üç müzik albümü çıkardı. Youtube'da senaristliğini ve yönetmenliğini üstlendiği Yarabandı isimli dizinin aynı zamanda oyuncu kadrosunda da yer aldı.

Hayykitap'tan yayımlanan kitapları:
Beni Yarım Bıraktın, Şubat 2022
Artık Daha Güçlüyüm, Eylül 2020
Mutlu Olmak İstiyorum, Ekim 2019
Sevseydi Gitmezdi, Mayıs 2018
Beni Neden Sevmedin?, Ekim 2017

Onu Aramaktan Asla Vazgeçmeyeceğim.

İnsanlar senin üzgün olmanı bekleyecekler. Her zaman yenilmiş olmanı isteyecekler. Sen kaybedince onlar sevinecek. Ne garip değil mi? İnsanlar senin iyi olmanı asla istemiyorlar.
Korkma! Dünyada karma var, unutma.
Elbet herkes bir gün ettiğini bulur.
Mesela ben bazen başkalarına yaptıklarımın aynısın yaşadığımı hissediyorum, bir şekilde gelip beni buluyor yine kendi yaptıklarım.
Hayatıma çok insan girip çıktı ama yanımdaki kişiye değil, aklımdaki kişiye kaldırdım her zaman kadehimi...
Âşık olmak zor farkındayım. Fakat emin ol yalnızlık daha zor...
Bir karanlığın içindeydim. Biri ışık yakar mı diye çok bekledim, yanmadı.
Ben de karanlığa âşık oldum. Kadehimi hayalimde yarattığım birine kaldırdım.
Çünkü her zaman hayalimde bir aşk vardı, kime gidersem gideyim bulamadım.
Hep bir eksik, hep bir noksan...
Eskiden papatyaları çok severdim, şimdi görmeye bile tahammülüm yok.
İnsanın hayal kırıkları olur olmaz zamanlarda batıyor kendi kalbine ve onlar o kırıkları hep senin toplamanı bekliyorlar.
İnsan kırılan bardaktan nasıl su içer?
İçemez ki, bir kere kırıldı çünkü. İçemez.

Sen bu hayatta ne yaparsan yap, her zaman aklındakini bul olur mu?
Birilerini kandırma, bunu en başta kendine yapma. Çünkü aynanın karşısına geçtiğin zaman kendini kandıramayacaksın hiçbir zaman.
Kendi gözlerinin içine bakıp, "hadi be oradan, sen kimseyi sevemezsin" diyorsun.
Aslında kimseyi sevmek değil, doğru insanı sevmek, kalbindekini sevmek önemlidir bana sorarsan.
Sen kalbindekini bulamazsan, herkesle denersen mutsuz olursun.
Deneme! Bırak öylece akıp gitsin zaman...
Evet, belki yaşlanabilirsin, belki çok geç olabilir ama hiç değilse 'ah' almamış olursun.
Neden mi bunu söylüyorum? Çünkü ben çok 'ah' aldım...
Suyun nereye aktığını bilmeden, düşünmeden, öylece insanlarla oldum. Ne için? Belki severim diye...

"Belki sevmek" diye bir şey olabilir mi ya!
Belki severim...
Belkilerle hayat geçecekse git herhangi biriyle otur, bir hafta vakit geçir, sonunda elbet onun da bir şeyi hoşuna gider.
Belki bir bardak su verir, ruhuna dokunur ve seversin onu.
Keşke bu kadar kolay olabilse, biz istediğimize âşık olabilsek.
Fakat öyle olmuyor işte...
Ne sen deneme tahtasısın ne de bir başkası. Demem o ki ne sen üzül ne de bir başkasını üz. Ne senin hayallerin yıkılsın, ne de bir başkasının günahına gir.
Bazen bırakmak gerekir. Yeri geldiğinde vazgeçmeyi bilmeli insan.

Neye inandığını bilmiyorum ama benim inancım bir tek Allah'a...
Sen istersen krem peynire tap, bundan bana ne! Fakat şunu unutmamalısın; günah var. Kimsenin günahını alma. Sen sevmiyor

olabilirsin. Fakat belki de o âşık olur, sever seni. Bunun için git oradan.

Ben ne mi yapacağım? Ben her zaman aklımdakini arayacağım.
Ve onu aramaktan asla vazgeçmeyeceğim.
Ben yanımdakiyle değil, aklımdakiyle öleceğim. Şayet öyle bir şey olursa ve ben onu bulursam sana söz veriyorum, onu asla üzmeyeceğim. Asla ve asla...
Eğer o kişiyi sen de bulursan üzme olur mu? Gel birbirimize söz verelim.
Üzdüğümüzü her fark ettiğimizde bu sözümüz aklımıza gelsin.
Çünkü biz, sevdiğimiz insanların gönlünü almayı biliriz.

Hayalimdeki kişi nerede bilmiyorum, onun kim olduğunu da... Ama aklımdaki benimle olamayacaksa umarım başkasıyla çok mutlu olur.

İyi dileklerimle...

Bana Bu Duyguları Yaşattığın İçin Teşekkür Ederim.

Benden gidenlerin her zaman bir nedenleri vardı. Kendimize itiraf edemesek de kimi zaman suçlu bizizdir. Ama gerçekten yürekten seviyorsak, inanıyorsak ve sadıksak neden üzülen taraf biz olalım? Neden benim kalbim kırılsın? Hem suçlu değilim hem de kalbimi kırıyorlar! Üstelik işin garip tarafı onlar mutlular. Bu hem suçlu hem güçlü olmak değil; bu bildiğin cinayet! Önce kendine muhtaç edip sonra da ortada bırakıp gidiyorsun.

Ve biliyor musun, evet, sana gerçekten muhtacım...

Nasıl bu kadar güçlü durabildiğini bir türlü anlamıyorum. Her şeyi kabul edebiliyor, her şeyi algılayabiliyorum fakat beni sevmediğin gerçeğini asla kabullenemiyorum. Bir insan başka bir insanın gözlerinin içine dakikalarca bakıp, "seni seviyorum" deyip, ertesi gün nasıl bir anda sevmiyorum diyebilir?

Bunun bir okulu var mıdır? Eğer varsa, öğrenilecek bir şeyse gerçekten öğrenmek istiyorum.
Bu hayatta böylesine gamsız, böylesine nefret dolu olmayı nasıl başarabildin? Bu bir tiyatro, başka bir şey değil...
Biliyor musun sevgilim? Sen hayatımda hayran olduğum en ünlü oyuncusun.
Dünyanın en iyi tiyatrocusunu getir, asla senin kadar iyi oynayamaz.

Bana bu duyguları yaşattığın için teşekkür ederim sana. Bir daha kimseye güvenmemeyi öğrettiğin için teşekkür ederim. Senin sayende artık güvensiz ve sürekli şüphe duyarak yaşayacağım. Alışır mıyım? Buna da alışırım.
Beni kaybettiğin için neden üzülmelisin biliyor musun? Çünkü bir dua kapısı kapandı senin için. Bundan sonra ne dünyamda ne kalbimde ne de dualarımda varsın...

Artık sen de bir eksiksin...
Umarım bundan sonraki hayatında kalbi güzel bir insana denk gelirsin. Yine de bunu diliyorum senin için. Çünkü neye inanıyorsan inan, bu dünyada karma var, unutma. Bir araba bir yere çarptığı zaman, çarptığı yer duvar bile olsa o duvar da zarar görüyor; etki tepki meselesi anlayacağın.
Artık bizim için dua etmiyorum, artık ışıklarımı söndürüyorum. Biliyorsun, ben karanlıktan korkarım, gök gürültüsünden korkarım ve de tek başıma olmaktan... Çok korkarım...

Işıklarımı söndürüp bir pencerenin önünde yağmurları seyrediyorum şimdi. Sen yoksun. Yarım kalsam da, ben varım. Kendim için varım.

Baktığım kadar varım, gördüğüm kadar duyuyor, sevdiğim kadar yaşıyorum...

Ben varım!

Ne kadar sıcak olursa olsun sen yanımda yatmadan önce camlarını bile kapatan ben... Artık geceleri camlarımı açık yatıyorum. Neden biliyor musun? Artık yalnızken kendimi daha güvende hissediyorum.
Karanlık beni terk etmez. Yalnızlık kaçıp gitmez. Tek başına olmak bana hakaret etmez. Ve içeri hırsız dahi girse bana ilişmez.

Üzgünüm, tek başıma daha güvendeyim.
Belki yarım kalmış olabilirim ama sayende tam olmaktan vazgeçiyorum. Kendimi böyle de kabul ediyorum.

Evdeki çiçeklere su vermeyi unutma.
Yani umarım unutmazsın.
İyi bak kendine...

Yarım bırakanların da
yarım kalacağı bir zaman var.
Bu denge hiçbir zaman şaşmadı.
Şaşmaz.

Ne güzel demiş Mevlana,
"Üzülme ey can!
Doğruysan zarar gördüm deme,
Bil ki iyiler mutlaka kazanır.
İnan buna.
İnanmak insanı ayakta tutan en büyük güçtür.

Aşk Acıtır.

Sabah kalktığında hiçbir şey yoktur ama ne zaman ki o gece çöker, akşam olur, grip gibi çıkar ortaya yalnızlığın. Tıpkı hastalığın geceleri daha da nüksetmesi gibi... Gece oldu mu daha bir yalnız hissedersin kendini. Sevdiklerin aklına gelir, bir de yanında olmayanlar...
Neden yanımda değil?
Yarım kalmışlık neden bu kadar acı?
Hayata nedenleri sorgulamak için gelmemeliydik. Bir insanı sevmeli, mutlu olmalı sonra da başarıdan başarıya koşup gelecek nesile bir imza bırakarak gitmeliydik. Her şeyden korkar olduk! İşimizi kaybetmekten, "benden ayrılacak mı" kaygılarından, okuldan, aileden korkuyoruz. Hepsinden önemlisi, en yakınımızda sandığımız, her gün yüz yüze baktığımız, hayatımızı paylaştığımız insanlardan, birbirimizden bile korkuyoruz.

Korkmaktan başka bir şey yapamıyoruz. Allah bize hiç bitmeyecek bir yaşama sevinci vermiş. Peki kim ölecek gibi yaşıyor? Hiç kimse... Hep bir umut, hep bir sonsuzluk... Bu hikâye elbet bitecek. Ulan en azından yanında biriyle bitsin istiyor insan. Sonsuzluğa ulaşmanın en güzel yolu bu. Benim babaannem ve dedem altmış yıl beraberlerdi, babaannemin gitmesiyle tek başımıza kaldık. Vefat ettiği gün eve geldiğimizde dedeme şöyle dedim, "altmış yıllık eşindi, bir damla gözyaşı dökmedin, neden? Bu kadar mıydı? Bir anda nasıl silebildin?"
Sustu...
Sustu...

Sustu....
Ve sonra dedi ki;
"Taşın da yüreği yok ama onu yosun sarıyor. Beni denizden aldılar kumsala attılar. Artık kumun üstünde, güneşin altındayım ve benim yosunum gitti, sadece taş olarak kaldım. Benden artık duygu falan beklemeyin."

Bu sözler bana çok büyük bir ders oldu. Bir insanı ne kadar sevebilirsin? Dünyadaki en büyük sevgiyi işte o zaman gördüm. Bizim yaşadıklarımız aşk değilmiş. Biz sadece alışmışız.
Hani canın acır da bir zaman sonra alışırsın ya... Öyle işte. Ama dedem o gün o cümleleri kullanarak sevgi nedir, aşk nedir bana bunların hepsini birkaç cümlede öğretti.

Kısaca o gün dedem dedi ki; ölene sorun yok, asıl sorun kalana... Babaannem belki kurtulmuştu ama onun gidişi bizim cehennemimizin ilk günüydü.
Bazen insan yarım kalır. İşte dedem o gün tam anlamıyla yarım kalmıştı.

Artık evde ben olsam da olmasam da hatta onlarca kişi de olsa o artık tek başınaydı.
Bir insanın gerçek anlamda nasıl yarım kaldığını o gün anladım.

Keşke böyle olmasaydı... Ve keşke ben aşkın, sevginin ne demek olduğunu bu şekilde öğrenmeseydim.
Oysa kimse okulda, kütüphanede ya da sokakta yeni bir şey öğrenince canı yanmazdı. Ama ben hayatımda ilk defa bir şeyi öğrenirken canım yandı.

Ben de onun gibi olmak isterdim. Eğer yarım kalacaksam altmış senemi doya doya geçirmek isterdim. Sonra da geriye, ona kavuşacağım günleri beklemek kalırdı.

Bazen aşk acıtır ve aşk acıdır...

Kendine İyi Bak Olur mu?

Gitmek istiyorum; her şeyden, herkesten uzağa... Belki de dönemeyecek gibi... Hani bir iş yaparsın da sonuna gelirsin ya, ben de öyleyim. Her şey bitti ve artık gitme vakti. Burada kalmamı gerektirecek bir sevgilim, bir dostum, bir ailem yok.

Belki gittiğim yerde hepsi olur. Mesela kendime bir dost bulurum her şeyimi anlatabildiğim, beraber çay içerken dertleşebildiğim, her derdime koşan, sadece kötü anlarımda değil, başarımda, mutlu anlarımda bile yanımda olan, benimle birlikte mutlu olabilen...
Hiç değilse nasılsın diye soracak kadar beni önemseyen bir dost...
Nasılsın sorusunu bile çok uzun zamandır duymuyorum biliyor musun?
En azından birisi nasılsın dese...
Ben de kötüyüm diyeceğim...
Bence kötüyüm demek suç ya da günah değil. Artık "kötüyüm" demek istiyorum.
Burada öylesine çok zaman geçirdim ki, kötüyüm demek bile bana mutluluk verecek.
Ömrüm boyunca dik durup "iyiyim" demekten öylesine yoruldum ki anlatamam.
İyiyim demek zor geliyor. Çünkü iyi falan değilim. Tek bir dostum olsaydı dünyayı değiştirirdim biliyor musun? Tek bir can dost bana her şeyi yaptırabilir, beni toplayabilirdi.

Hadi onu da geçtim...
Bilmiyorum farkında mısın ama artık aşk bitti, kimse kimseyi sevmiyor. Uzun zamandır hiç kimseyi sevemez oldum. Öylece kaldım tek başıma.

Birine bir duygu besleseydim, o duyguyu birlikte büyütebilseydik belki kalmak için bir sebep olurdu. Fakat ne için, kim için kalayım, kimin için savaşayım bilmiyorum. Bunu kendine sorduğu ilk anda verilecek bir cevabı olmalı insanın. Yoksa, olduğu yerde kalmasının da bir anlamı yoktur.
Kendi kendime, yalnız yaşasam elime ne geçecek? Kendim konuşup kendim mi dinleyeceğim?
Evet belki gittiğim yerde bir aile bulamayabilirim, hiçbir gidişin garantisi yoktur.

Yol, henüz gerçekleşmemiş bir vaattir sadece, bir teminat değildir.

Ama yürüdüğüm yolda kendime göre birini bulursam belki o benim ailem olur. Bir ihtimalin peşine düşmek de anlamlı kılar bir hayatı.
Olamaz mı? Olur bence...
Hatta belki bir evladım bile olabilir.
Sanırım sorunun temeli aileden başlayıp, sevgisizlikle harmanlanmış güvensizliğe, oradan ilişkilere, arkadaşsızlığa kadar gidiyor.

Sorunu buldum...
Fakat çözüm yine de gitmekte. Otuz bir yıldır aynı havayı soluyorum, aynı mahallede yaşıyorum. Sen kaç yıldır buradasın bilmiyorum ama benim otuz bir yıl oldu.
Hiç faydasını görmedim, görmek de istemedim. Çünkü görecek bir sebep yoktu.

Sana şunun sözünü verebilirim; nereye gidersem gideyim yazmaktan vazgeçmeyeceğim, söz. Konuşmasak da sana yazacağım.
Ve her nereye gidersem orada mutlu olacağım.
Burada hiçbir şey yapmıyorum fakat orada, gittiğim yerde kendimi mutlu etmek için elimden geleni yapacağım.

Belki bir aile kurup dünyayı değiştirmek için uğraşacağım.
Doğru, ben kısırım ve çocuğum olmuyor.
Ama olsun... Hem belli mi olur tıp ilerledi diyorlar.
Dünyadaki her şey ilerledi bir ben ilerleyemedim değil mi?
Bir arpa boyu ilerleyemeden ölmektense bir adım atıp kendimi uçurumdan aşağıya atarım daha iyi.
Bu hayat böyle güzel, gideceğim yere gidip mutluluğu bulacağım.
Eğer bulursam sana da haber veririm mutlaka.
Sen de gelirsin olmaz mı? Saat geldi geçiyor, ayrılık vakti yaklaşıyor.
"Beni de götür" dediğini duyuyorum. Fakat seni götüremem.
Sen bu eve aitsin.
Maalesef bu eve taşındığımda bu ayna buradaydı. Ama söz, gittiğim yerde mutlu olacağım.
Az çekmedin sen de çilemi...
Kendine iyi bak olur mu?
Herkese doğruları söylersin, bilirim.
Ama bazen beyaz yalanlar söyle insanlara, bana olduğun gibi olma.
Üzülüyoruz.
Seni özleyeceğim dostum.
Tek dostum, aynam...
Hoşça kal.

Beni Affet.

Beni affet.
Evet biliyorum koca bir aptalım ben! Hani her şey bitti dersin, biter ama senin yüzünden biter ya?
Öyle bir şey işte...
Evet, her şey benim yüzümden; kalp kırmayı seven geri zekâlının tekiyim ben! İşin kötü yanı karşısına çıkıp özür bile dileyemem. Öylece dururum aptal gibi, beklerim ki bana yazsın, bir cümle kursun. Hayır, bir cümle kursa hemen gönlünü alırım da karşımdaki de inatsa ve yazmıyorsa vay benim halime... Tıpkı şimdiki gibi içip içip ağlar dururum. Hani derler ya, "ben seni sevdiğim zaman bu şehirde yağmurlar yağardı" diye, aynı o şekilde içimde yağmurlar, fırtınalar kopa kopa uzaktan uzağa izlerim. Kımıldayamam.

Sen, benim gibi olma! Eğer hata sendeyse çık karşısına. Eğer her şey senin yüzündense "beni affet" de. Sonra çok geç olabilir. Sevdiğin insan senden vazgeçebilir, başkasını sevebilir, başkasıyla olabilir. Sonra benim gibi oturur onların mutluluğunu seyredersin. Yanındakinin yerinde ben olabilirdim dersin. Keşke kör olsaydım da görmeseydim dersin. Bu yüzden hayatta her şeyi zamanında yapmak gerekiyor. Her şey için geç kalmadan, içinden gelen duyguların peşinden gitmen, onları sahibine göstermen gerekiyor.
Ailenle kavgalıysan git sarıl. Sevdiklerinden özür dile. Korkma, bir şey olmaz. Bir yerin eksilmez. Tam tersine iyi olur. Olur da sen gerekeni yapmana rağmen onlar "hayır" diyorlarsa, "seni sildik"

diyorlarsa o zaman durum değişir. Böyle bir durumda çekil kenara, "tamam, ben bunu hak ettim" de.

Ama dene! Bir insanı kaybetmekten daha kötü bir şey yok. İnsan kaybetme. Çünkü yalnızlık zor. Sevmek zor. Aşk zor. Her şey zor. Bak! Ben her şeyimi kaybettim; sevgilimi, dostumu, annemi, her şeyi... Sanırım kendimi de kaybetmek üzereyim. Ve kendimi kaybedersem bu işin sonu nereye varır bilmiyorum.

Saatlerce durup düşünsen de eğer suçlu sen isen eline hiçbir şey geçmeyecek. Eğer üzdüklerinin yerine başkalarını koymaya başlarsan sen sadece kendini kaybedersin, sadece kendini... Başkasını değil! Bu yüzden kalabalık olacağına senin yanında olanlarla ol, yalan insanlarla değil.

"Kusura bakma" diyecek kadar güçlü olduğun zaman insan olursun ve bunu diyebiliyorsan, bunu dediğin halde seni yine de istemiyorlarsa o zaman ne yapacaksan yap. Git başkasını yerine koy. Güçlü olmayı o zaman öğreneceksin. Çünkü sen, "beni affet" demişsin ama onlar kendi mazeretleriyle seni istememiş olacaklar.
Sen hayatta bir mazeret değilsin. Sen bu hayattaki en önemli şeysin. Bir defa kendinsin. Hatalarını kabul etmiş, gereğini yapmış ama karşılığını bulamamış birisin. Her şeye rağmen varsın, var olacaksın.
Keşkelerle yaşamaktansa iyikilerle öl daha iyi.

Korkuların olabilir. İyi niyetli davranışlarının ters tepmesinden çekinebilirsin. Hayat bu, her şey olabilir.
Fakat hiçbir şey yapmadan durup, onu kaybedeceğine çabala daha iyi. Sonuç alamasan da çabala, üzerine düşeni yap. İstemezse canı sağ olsun.

Dediğim gibi ben çok çabaladım, olmadı. Ama çıkıp da bir "beni affet" diyemedim. Ben bunun pişmanlığını yaşıyorum. Sen, ben olma! Söyle!

"Beni affet" de...
İnan hiçbir şey kaybetmeyeceksin ve belki de yitirdim sandığın her şeye geri döneceksin.

Bir Daha Kimseye Güvenmemem Gerektiğini Öğrendim.

Sen beni aldattıktan sonra dünya biraz değişti. Mesela birisi bana "güven" diyor, gülüyorum...
"Hadi be!" diyorum; 'benim sırtımı dayadığım, arkamda dağ var dediğim kişi beni aldatmış, sen kimsin?" diyorum. Farkındaysan hâlâ övüyorum seni. Dağ diyorum, sırtım diyorum, saçmalıyorum.
İnsanların gözünün içine günlerce bakamadım biliyor musun?
Utandım. Senin yerine utandım.
Sordular, ne oldu dediler; beni sevmiyormuş, her şey yalanmış, gidip başkasıyla yatıp kalktı diyemedim...
Diyemedim ulan işte!
Çünkü kocaman bir aptalım ve bu aptallığım yüzünden hâlâ seni koruyorum.
Biliyor musun, etrafımdaki hiç kimse beni aldattığını bilmiyor, annemler bile.
Demem o ki sakın korkma. Göğsünü gere gere gezebilirsin.
Ben senin yerine de çoğu kez utandım.
Onu da üstlendim, korkma...

Sonuç ne biliyor musun? Aptalım, hem de kocaman bir aptal.
İnsan, aldatıldığı kişiyi sever mi? Seviyormuş işte... Sevmeyi bırak bir de laf yiyormuş. Bütün arkadaşlarım "sen onun değerini bilemedin, ne güzel insandı, sen aptalsın" diyor mesela.
Nasıl? Hoşuna gidiyor mu? O başkasıyla gitti bile diyemiyorum.
Sen yine de kötü olma istiyorum. Hala konduramıyorum.

Neyse... Bunları sen utan diye değil, bende bittin diye anlatıyorum. Bunu bil.

Bende biterken beni de güxzel bitirdin. Bak, çok ciddiyim, sana Oscar ödülü versinler. Çünkü gerçekten bittim; seni sürekli korumaktan, insanlardan saklamaktan, suçlu olduğumu söyleyen insanlardan artık midem bulandı ve bittim. Pes!

Siz kazandınız, ben kaybettim. Bu arada bir şey soracağım, güzel miydi?
Değdi mi yani?
Biliyor musun, bu dünya sizin gibi insanlar için dönmüyor.

Ben nerden bilebilirdim bana her gün aşk cümleleri yazan, sensiz yaşayamam diyen, kahvaltılarıma, hayatıma eşlik eden birinin beni bu hale getireceğini?
Her şeyi geçtim, insan sevmediği biriyle nasıl kahvaltı eder ya!
Hiç mi midesi bulanmaz!
Neden çayını doldurur ya da ekmeğine bal sürer?
"Defolsun kendi kendine yesin" der sevmediği birine. Katlanamaz, orada rahat duramaz!
Neden?
Bu kadar mı basitti her şey? Sen bu kadar mı basittin?

Gözlerime bakarken hiç mi üzülmedin? Keşke bir zamanlar arkadaşlarım "bundan bir şey olmaz" dediklerinde ya da annem "üzülürsün bak, yapma" dediğinde dinleseydim onları.

Ama ben nereden bilebilirdim her gece seni seviyorum demeden telefonu kapatmayan birinin aklının her zaman meşgul çaldığını.

Anladım ki ben o telefonda seninle değil, kendi kendimle konuşuyormuşum...

Olsun! Bak bu da güzel. Hiçbir insan kendine seni seviyorum demez, der ama az der...
Ben her gün kendime seni seviyorum demişim. Bu senin sayende oldu, teşekkür ederim.
Ne güzel değil mi? Şimdi her şey çok güzel değil mi?

Her şeyi geçtim de umarım yaptığın şeyden çok keyif alıp mutlu olmuşsundur.
Bu aralar benim tek tesellim bu.
Kısacası benim için dünya değişti.
Artık kimseye güvenmemem gerektiğini öğrendim.
Sana son sözüm şu olabilir:

Bir daha kimsenin gözünün içine bakarak ekmeğine bal sürme olur mu?
Aşık oluyoruz, yazık oluyor.

Beni Kimse Anlamıyor.

Bu aralar hiç kendimi anlatacak gücüm yok. Zaten anlatsam da anlamıyorlar ki...
Seni hiç anlamayan birine ne anlatabilirsin? Sadece yorulduğunla kalıyorsun. Üstelik bu yorgunluk ne zaman geliyor biliyor musun? Defalarca kendini anlattıktan sonra... Ne yani ben denemedim mi zannediyorsun? Hem de yüzlerce kez denedim. Beni anladı mı? Anlamadı. Bağırdım olmadı, ağladım olmadı, sustum olmadı...
Anlamadı, ben de anlatmayı bıraktım. Şimdi bana ne oldu diye sorulduğunda sadece şunu diyorum;
Yok bir şey...

Nasıl yok ulan bir şey! Var işte! Yoruldum kendime söylediğim yalanlardan! Yoruldum kendi kendime giydiğim maskelerden, içimdeki soruları susturmaktan!
Kocaman bir sorun var! Kimse beni anlamıyor...
Ne yaptığımı, ne istediğimi, ne sevdiğimi asla bilmiyor, duymak da istemiyor.
Mesela mutsuzluğumu anlatmaya çalışıyorum, diyorum ki; ben mutsuzum, boş ver geçer diyorlar. Kimse de kalkıp ne oldu bile demiyor.
Geçermiş!
Gerçekten sabit dursam geçer mi? Çünkü ben hiç geçtiğini görmedim. Seninki geçti mi?
Her defasında mutluluğum yarım kaldı, her defasında ben yarım kaldım. Sen de kaldın mı?

İnsan ne yapsa da geçmez. Kalır olduğu yerde. Etrafımdaki insanların beni umursamayışlarından dolayı duvarlar üstüme üstüme geliyor. Ama ne yapacağım biliyor musun? Ben de umursamayacağım artık. Ne halleri varsa görsünler!

Herkesin derdine koşarsın ama kimse dönüp bir kere bakmaz. Ben artık baktıkları yerde bile olmak istemiyorum. Biraz bencilleştim galiba... Umursamaz oldum, kabul.

Zaten hayatın da neyi umursanacak gibi duruyor ki? Herkes hayat denilen şeyi kendi aleminde yaşıyor.
Kimse kimseye 'iyi misin' demiyor. Dese ne olacak? Son on yıldır etrafta mutlu insan gören var mı?
Herkes mutsuz, herkesin kanadı kırık, herkes biraz eksik...
Biri çıkıp yaralarına merhem olunca aşk zannediyor insan bunu. Oysa aşk öyle olur mu?
Onlarınki ihtiyaç, onlarınki muhtaçlık.
Çünkü kabul et, sen de ben de sevgiye muhtacız.
Ve bir avuç sevgi görünce hemen koşup "lütfen beni sev" diyoruz.
İnsan, bir avuç sevgi için gülümseyebiliyor, hayata dönebiliyor.
Umutsuzluk çok kötü. İnsanı yakar yıkar, ortada bırakır. Kalır yaşlanırsın.

Eskiden yaşlanmaktan çok korkardım. Artık korkmuyorum. Çünkü bir sonraki günü çok merak ediyorum. Yarın ne olacak? İşe giderken âşık mı olacağım, yoksa araba mı çarpacak?
Bakma, her ikisi de aynı ya... Ha araba çarpmış, ha âşık olmuşsun...
İkisi de acı dolu, ikisi de sağlıksız.

Aşk, yenecek bir şey olsaydı bence onay verilmezdi. Kullanmayın, bunu kullanmak suçtur derlerdi.

Aslında şimdi ben bunu onlara anlatsam, aşk iyidir desem, yaşayın o duyguyu, dibine kadar yaşayın desem, sarılın desem

anlarlar mı sence?
Anlamazlar.
Onlar aşkı çirkinleştirdiler...
Bize de çekmesi kaldı. Mecburen sen ve ben, ömrümüzde anlaşılmamaya mahkumuz.
Çünkü ne dersen de, ne söylersen söyle, ayaklarına kapan, "sana âşığım" diye haykır, yine de anlamazlar.
Anlamazlar dostum!
Anlamazlar...

Beni Öldürdün.

Neyi paylaşamadık seninle? Ne yaptım da öldürdün beni? Erkek olduğun için mi? Gücün yetti diye mi canıma kıydın? Ne yapmış olabilirim de şu anda annem ağlıyor, ben yaşamıyorum diye? Ve açıkçası ben nasıl sevdim seni? Nasıl göremedim gözündeki canavarı?

Beni öldürdükten sonra hiç pişman olmadın mı? Ben bu kadını seviyordum, âşıktım ve o artık yok demedin mi? İnsan sevdiğine nasıl kıyar? Nasıl bu kadar cani olabildin?
Kendimi savunamıyorum diye nasıl bu kadar gaddar olabildin?

Hadi beni öldürdün, peki ailemi, annemi de mi hiç düşünmedin? Hiç demedin mi bu kadının kızı var, kız ölürse annesi de onunla beraber ölür?

Peki ya babam! Bir erkek için kız evlat nasıl ve nedir sen daha iyi biliyorsun. Beni öldürdükten sonra babam sence ne hale gelmiştir? Onun açısından bir düşünsene... Besle, büyüt, okula gönder, her kahrını seve seve çek, gözünden bile sakın, sonra pisliğin teki gelsin kızını öldürsün...
Hoşuna gitti mi?
Kendi kızının ölümüne sevindin mi?
Eminim benim babam da hiç sevinmedi...

Sen benim canıma kıydın. Beni bu hayatta yarım bıraktın.

Şimdi kendine erkek diyor musun? Ya da sen insan mısın?

Ben insanım diyebiliyor musun?

Diyorsan helal olsun sana be...

Eğer kendine hâlâ bunu diyebiliyorsan, keşke yaşasaydım da suratına tükürebilseydim!

Ama yapamıyorum!
Çünkü beni öldürdün!
Çünkü BENİ YARIM BIRAKTIN!

Yanlış insanlara fazla gelen
doğru bir kalbin var.
Öyle kal.

Kimsenin yoluna girmek zorunda değilsin.
Tek başına kalsan da,
sen kendi yolunda, olduğun halinle
çok güzelsin.

Beni Yarım Bıraktın.

Beni yarım bıraktın. Ben zannettim ki hayatımız boyunca beraber olup beraber yaşayacaktık. Hayallerimizi hatırlıyor musun? Ben hatırlıyorum ve o kadar kendimi yalnız hissediyorum ki, sanki üstüme dünya düşmüş de deprem olmuş gibi...

Mesela benden sonra başkasına 'seni seviyorum' dedin mi? Ya da başkası bunu sana diyebildi mi? O kadar yakınlaşabildiniz mi?
Ben sensiz ne yaptığımı bilmiyorum.
Artık güneş eskisi gibi doğmuyor.
Artık yalnızlıkla arkadaşım ve artık demekten vazgeçemiyorum.

Çünkü kendimi bu dünyada "artık" gibi hissediyorum...

Etrafımdaki herkes seni soruyor; nerede, nasıl, kiminle? Aslında bu soruyu ben de sana soruyorum; neredesin, nasılsın, kiminlesin? Birbirimizi bu kadar yıpratmaya değer miydi? Üstümden bulutlar geçti ama yüreğime bir damla yağmur düşmedi sevgilim, içimdeki yangın küle dönmedi.
Sanki tüm dünyada rüzgâr esiyor, o rüzgarlar bana doğru esiyor da ben yanıyorum gibi... Ben eriyorum gibi...

Bu arada hiç özledin mi beni? Mesela sana sarılmamı, öpmemi, sabahları mesaj atmamı? Aklına hiç mi gelmedim? Geldiysem de niye aramadın?

Gerçi arar bulurdun özleseydin.

Her şey bir tarafa, ben seni çok özledim.
Bil isterim.

En çok da kokunu...
Bir şeyler hayatta ters gidiyor ama ben hala düzüm, hep olduğum gibiyim. Neden düzüm onu da bilmiyorum. Beklemekten galiba... İnsan bekledikçe bekliyor, o tren hiç gelmiyor. Aslında birçok tren geliyor da içinden inenler bir tane sen etmiyor...
Vazgeçtim artık, beklemiyorum.
Ben istiyorum ki o trenin içinden birisi inmesin. Tren alıp götürsün beni. Beklemenin ve bulamamanın olmadığı yerlere götürsün beni, senden çok uzaklara götürsün.
Sen benim için o trendin aslında ama beni alıp götürmedin.
Sen beni bir durakta indirdin ve yoluna devam ettin.
Hiç sormadım sana, "Beni neden sevmedin?" diye.
Bir şeylere layık değil miydim? Duygularım sana yetmedi mi? İstediklerini veremedim mi? İçimde sorular bitmiyor, yarım kalmışlık duygusu böyle bir şey. Cevapsız kalan sorular gibi eksik kalıyor hikayen.
Soruyorsun ama cevap yok.
Bekliyorsun ama gelen yok.
Sahi, beni hiç mi sevmedin?

Ben birbirimizi seviyoruz zannediyordum. Sanırım sadece ben öyle zannediyormuşum...

İnsan sevdiğinden gider mi? Gidiyor.
Farkındayım, seni sevmek bu dünyadaki en ahmakça şey.
Sonuç olarak biri birisini sevmiyorsa, diğeri onu neden sever ki? Ahmaklık işte sevgilim...
Ama inkar edemem. O yolda isteyerek yürüdüm. Bir yalan olduğunu biliyordum belki ama bile isteye inandım o yalanlara, içimdeki sevgiye, sana olan inancıma sonuna kadar sarıldım.
Olmadı.
Bir boşluğa sarılıyor gibiyim şimdi.

Pişman mıyım? Asla. Seviyor muyum? Sonuna kadar.
Gel desen gelir miyim? Gelemem.

Çünkü yarım kaldım bir kere. İnsan tam olmaktan vazgeçer mi?
Geçiyor işte...
Neden? Çünkü sen beni sevmiyorsun. İnsan, 'tam olacak' diye sevmediği birine gider mi? Ya da gitmeli mi? Gitmez bence, yani gitmemeli...

Aşk var ama gurur da var. Aşkta gurur olur mu dersen sevgilim, olur.

Evet, seni çok seviyor olabilirim, senin için ölebilir, nefes dahi almayabilirim; gidelim dersen gidebilir, kalalım dersen bir kömürlükte de kalabilirim. Ama sen bana diyorsun ki, "seni artık sevmiyorum, sen istediğini yap." Hatta dün bensiz ölürken bugün, "bensiz yaşa" diyorsun.
Diyebilirsin, hakkın var. İçinden neler geçiyor bilmiyorum ama benim hakkım sana yine de helal.

Yüreğimi taş kesip gidiyorum ve sadece seni seviyorum diyorum. "Seni seviyorum sevgilim. Keşke böyle olmasaydı" demeyeceğim; iyi ki de oldu.

Bana ne mi oldu?
Yarım kaldım...
BENİ YARIM BIRAKTIN.

Benim İçin Bir Şeyler Yap.

Ben hayatım boyunca herkes için çalıştım, çabaladım. Peki bu insanlar benim için ne yaptılar? Kocaman bir hiç... Herkes iyi olsun, canları sıkılmasın diye ömrümü verdim. İyiler mi, açlar mı, toklar mı, neredeler, ne yapıyorlar... Tüm bunları düşünen hep ben oldum. Fakat gel gör ki ben yere düşünce kimse elini uzatmadı.

Dışardan çok mu güçlü duruyorum? Acaba yenilmez bir vücudum ya da taştan bir kalbim mi var zannediyor bu insanlar?

Bu hayatta her şeyin göründüğü gibi olduğunu zannetmek en büyük yanılgıdır. Asıl marifet, görünmeyeni, bir insanın herkesten gizlediği gerçek duyguları sezebilmektir. Bir insana değer veriyorsanız onun gerçek duygularını keşfetmek için çaba sarf edin. Yoksa bütün ilişkiler yüzeysel kalır, yüzeysel olan ilişkiler bir süre sonra silinip gider, bu doğanın yasasıdır.

Yeri geliyor ben de yere düşüyorum ve kalkamıyorum. Elinizi uzatmasanız da olur, en azından uzaktan seslenin; "hadi, başarabilirsin" deyin, ona da razıyım. Bir insanın kendisine güvenen, ona inanan insanların olduğunu bilmesi ne büyük bir güçtür. Bunu değer verdiğiniz insanlardan esirgemeyin. Sevginizi de, desteğinizi de yeri geldiğinde göstermeyi bilin.

İnsanlar bu denli çabasızken, ben insanlara kendimi beğendirmekten o kadar çok yoruldum ki...

Mesela bir kız arkadaşım vardı, karşıma alıp "sonuna kadar beraber miyiz?" diye sordum. O da "senin hiç paran olmasa da fark etmez, ben seninle bir simiti bile paylaşırım bir sahil köşesinde" diye cevaplamıştı. Zaman geçti ve biz bir koca yılı devirdik. Peki ne mi oldu?
Birinci yıl dönümümüzdü ve parasız olduğum bir gündü. Eş dost sayesinde bir miktar borç para topladım. Çünkü ilk önce yemeğe ardından da sinemaya gideceğimize söz vermiştim. Elbette bunların hepsi parayla... Sonra güzelce giyindim, saçları yaptırdım, üzerime güzel bir gömlek altıma da siyah bir kot pantolon çektim. Taksiyle evlerinin olduğu sokağa gidip aşağıdan onu aradım. Telefonu açınca aşağıya inmesini söyledim.

O da kuaföre gidip saçlarını yaptırmış. Merdivenden inerken bir manken edası vardı. Yanıma geldiğinde öpüşme faslının ardından dedim ki, "hayatım bir şey diyeceğim ama kızmak yok." Hemen ne olduğunu sordu, ben de cevapladım, "biz plan yaptık ama bende hiç para yok, bulamadım. Özür dilerim."

Niyetim sadece onu denemekti. Sonuç olarak bir yıl geçirmiştik. Koskoca bir yıl...

Bir süre şaşkın bir ifadeyle durdu ve ardından şöyle dedi; "Yaa off! Keşke söyleseydin. Neden bu kadar hazırlandım o zaman ben?" Gözlerinin içine bakarak, "olsun bir tanem, simit yerdik hani?" dedim.

Onu dediğim an dünya durdu sanki. Kuşlar uçmadı, rüzgâr esmedi. Gözlerinde bundan bir yıl önceye gittiğini gördüm. Ve orada, o gün, o saniye, o ilişkiyi bitirdim.

İnsanlara kendimizi beğendirebilmek gerçekten de çok zor. Büyük çabalar, büyük emekler, büyük hırslar gerek. Ama bütün bunlar aynı zamanda kendimizi çok fazla harcamak demek. Harcadık harcadık gerçi ama onların gözünde bozuk paradan öteye bile gidemedik...

Sanırım onlar da harcaya harcaya bitiremiyorlar bizi. Bitmemizi istememeleri de harcamaya devam edebilmek için sanırım.

İçimde sürekli bana seslenen bir ses var, en zor anlarımda bile konuşmaktan vazgeçmiyor:
"Bu hayatta çok şey gördük, geçirdik; hiçbir şey bizi yenip yıkamadı!
Bunlar mı yıkacak?
Zor yıkarlar!"
Cebimde bozuk para olsa dahi kapısına gider, yine de seni seviyorum der ve eve yürüyerek dönerdim. O hallerime bakınca kırık bir tebessüm yerleşiyor yüzüme.

Önemli değil...
Ben yine de vazgeçmiyorum gülüşlerimden. Hayatta yaşayacağım güzelliklere inanmaktan asla vazgeçmiyorum.
Önemli olan sevmek, sevilmek, çabalamak. Gerisi boş bir balon.
Ne kadar yukarı çıkarsa çıksın, elbet patlayacak, elbet sönecek...
Ben gerçek duyguları aramaktan
ve onların bir gün mutlaka yaşanacağına inanmaktan asla vazgeçmeyeceğim.

Kalbini kıranların olduğu yerden uzaklaş.
Bir süre sonra hala yalnızsan
doğru mesafedesin.

Şu söze çok inanırım:
Sağıra sözünü, köre yüzünü süsleme.

Yorulursun.

Bütün Tanışmalar Farklı, Ayrılığın Acısı Aynıdır.

Hiçbir şeyi bilmek istemezdim. Her şeyi bilmemek daha güzel. Örneğin, âşık olmayı, aşkın ne demek olduğunu bilmek istemezdim. En azından canım acımazdı. Düşünsene, bu zamana kadar hiç âşık olmadın ve sonunda doğru insanı buluyorsun, âşık olup onunla hayatını geçiriyorsun. Nasıl güzel bir hayal değil mi?

İnsan, "âşık olmak çok güzel" der. Ben de öyle söylüyorum. Fakat bir defa olsun, tam olsun. Rüzgârda sürekli oradan oraya sürüklenen bir kâğıt parçası olmak istemiyorum. Hayatıma kim girdiyse bir oraya bir buraya sürüklendim. Üstüm başım kir içinde. Yarım kalmış biri bir başkasına nasıl güvenebilir? Ya da şöyle sormalı; bir daha güneşin doğuşuna teşekkür edebilir mi?

Sebepsiz yasamak en güzeli. Hem mesela diğer insanlara da yazık. Sevmediğin biriyle berabersin, bir nevi onun günahını alıyorsun. Ben artık günah işlemekten de ah almaktan da o kadar korkar oldum ki, belki de bu yüzden kendimden çok başkalarını düşünür oldum.

En iyisi hiçbir şey bilmemek. Ben en çok beni sevmediğini bilmek istemezdim. Hayatının her saniyesini ona veriyorsun ve en sonunda o seni hiç sevmemiş oluyor. Bunu bilmek insanı çok üzüyor.

Ben üzüldüm, hem de çok üzüldüm.
Seninle benim tek ortak noktam, daha doğrusu seninle ve benimle ve hatta bütün dünyayla ortak noktamız şu;
bütün tanışmalar farklı, ayrılığın acısı aynıdır.

Sen sevgilinle bir kafede, internette yahut sokakta tanışmış olabilirsin. Hayatınız bambaşka zamanlarda, bambaşka illerde, bambaşka hayatlarda geçmiş olabilir. Fakat ayrıldığımız zaman... Sevdiğimizin bizden gittiği an... İşte o an yaşadığımız duygular ve hisler aynıdır.

Tanışmalar farklı ayrılığın acısı aynıdır. O yüzden sen ve ben birbirimizi bu kadar anlayabiliyoruz. Bu yüzden bir deniz kenarında oturduğumuz zaman yutkunamıyoruz. Yutkunsak da boğazımızdan aşağı acılarımız akıyor. Saatlerce dalıp gidiyor, yaşanmışlıkların gölgesinde boğulacak gibi oluyoruz.

Nefesimi tutup sana sarılmak ve "gel omzumda ağla" demeyi öylesine çok isterdim ki... Fakat sen yine de yanındaymışım gibi hisset olur mu? Evet, şu an yanında olamayabilirim ama bu senin yanında değilim anlamına gelmez. Biliyorum bir tanem, keşke şu an ben de hiçbir şey bilmesem diyorsun. Keşke bilmeseydik. Fakat seninle aşkı sonuna kadar biliyoruz ve bu hayatımız boyunca böyle olacak. Ömrümüzün sonuna dek bunun acısını hissedeceğiz.
Hissetmeyenler var mı?
Var.
Olmaz mı?
Dünyada, aşktan, sevgiden bir haber milyonlarca insan var. Fakat biz seninle onlardan olmayacağız. Her zaman seveceğiz. Acısını çeksek de gülmesini de bileceğiz. Sevginin en acı halini de bileceğiz, o sevginin gücüyle hayata sarılmayı da bileceğiz. Çünkü seninle ben buyuz, özümüz bu.

Seviyor, sevilmiyoruz. Başkaları gibi olamıyoruz. Oyun oynayamıyor, maske takamıyoruz.
Ne yapalım, zorla sevdirecek değiliz ya kendimizi...
Biz yarım kalanlardanız...
Yarımız...
Bir başımızayız ama güzeliz...
Her zaman güzeliz...
Kaybetsek ne olur?
Biz tüm bunları bilerek, yaşayarak kazanmayı öğrendik, unutma.

Benim Hâlâ Umudum Var.

Bazen birini tanır ve doğru insan bu dersin ya; o değil. Bir gecede tanıdığı birine her şeyini anlatan bir aptal olabilir mi? Olabilir... Ben.

Bunu neden yaptığımı ben de bilmiyorum ama bildiğim tek şey onu çok istediğimdi. Gülüşünde tarif edemediğim bir hisse kandım, kandırıldım.
Kalbi başkasında olan birinin sadece yara bandı olursunuz. Kalbi kimdeydi bilmiyorum ama kalbinin ve gülüşünün değerini o kişinin bilemediği çok ortadaydı.

Ben istemez miydim? Tabi ki isterdim. Ama hayat o kadar basit değil. Bir kere insanda şans olması gerekiyor. Ne yani, birisi çıkacak "ben geldim" diyecek ve hayatımın aşkı mı olacaktı? Güzel espri ama komik değil.

Yine de düşünmesi, hayal etmesi güzel. Keşke o kadar olsaydı. 'Geldim' deseydi, ben de 'hoş geldin' deseydim. Ve onunla hayatımı birleştirseydim. Hiç mi böyle olmaz? Birini görsek ve bizi pat diye sevse. Şans ya, biz de onu sevsek, her şeyimiz yapsak, her şeyi olsak.
Olmaz mı? Olur bence...
Neden olmasın. Benim hâlâ umudum var.

Dün nelerden mi bahsettim? Her şeyden desem... Babaannemden, dedemden, annemden... Demek ki bir gülümseme insanın her şeyini anlatmasına sebep olabiliyormuş. Bu arada "kafanı ağrıttıysam özür dilerim" dedim. O da "her şey harika, ben de çok iyi bir dinleyiciyim" demişti. Dinledi de... Fakat sanırım dinledikleri hoşuna gitmedi. Dürüst olmak ve sevgiye

aç olmak ne kadar kötü bir şey, ah, bir bilseniz.
İnsan birine her şeyi anlatmak istiyor. Anlatmayı ve sonra anlattığına pişman olmamayı.

Ben her zaman sorarım; para mı aşk mı diye. Her zaman para diyen ben, bugün nasıl olduysa aşk dedim. Çünkü on üç yıl bir kadını sev, ona "papatya" de; sonra da onu unut! Tam tamına on üç yıl sonra unut! Ve sonra gel, bir gecede aynı duyguları hisset... Aptal! Aptalım kabul.

Bugün durmadan koşmak istedim ama maalesef kilolarımdan dolayı koşamadım bile. Denediysem de nefesim kesildi. Anlayacağın onu bile beceremiyorum.
Kimsesizler gibi etrafıma bakındım. Fark ettim ki kimsem yokmuş. Sanırım insanların söyledikleri doğru; ben bu dünyaya yalnız olmak için geldim. Neden? Çünkü herkesin sesi olan adam âşık olamaz. Hem âşık olacak hem de acılardan mı bahsedecekti? Çok saçma.

Biliyorum sen de benim gibi yalnızsın. Ve şu an bunu okurken, sanırım ben de yalnız gideceğim diyorsun. Hayır bir tanem, sen yalnız gitmeyeceksin. Sen çok mutlu olacaksın. Hatta bir gün evleneceksin, çocukların olacak. Ve bir gün sana "aa bak bu abi ölmüş" diyecek. Sen de biraz durup "o abi insanların söyleyemediklerini söylerdi, insanların sesiydi" diyeceksin. Anlayacağın bir tanem seni harika bir hayat bekliyor. Âşık olacaksın. Hayatının insanını bulacaksın ve çok mutlu olacaksın.

Bazen hayat böyledir; benim ödeyeceğim bedel sizin cümleleriniz olmak, başka bir şey değil.
Seni seviyorum unutma olur mu?
Ve şimdi kalk benim için bir kahve koy kendine.

Gökyüzüne bak ve kendi güzelliğini gör orada.
Gökyüzü kadar güzel bir ömür layık sana.
Buna inan.
Bunu unutma.

Sen Gidersen Yarım Kalır, Tam Olmaktan Vazgeçerim.

Ben gitmenden çok korkuyorum. Seni o kadar çok seviyorum ki bunu tahmin bile edemezsin.
İnsan, sevdiği insanın gözlerine bakınca ağlaması gelir mi? Benim geliyor işte. Neden biliyor musun? Bir gün gideceğini bildiğim için.

Bazen zaman duruyor, hayata karşı kocaman bir nefes alıyorum. Tutukla istiyorum beni kalbinde, orada kalayım, uyanmamak üzere orada yaşayayım istiyorum.
Ama biliyorum...
Sen, benim seni sevdiğim kadar beni sevmiyorsun.
Ben en çok senden bir kızım olsun istedim. Bilmem, öyle düşündüm, çok güçlü hissettim bunu içimde.
Sana benzesin, senin gibi olsun...
Senin gibi olsun ki benim kızımı da bir başkası benim seni sevdiğim kadar sevsin, gözüm arkada kalmasın.
Çünkü bir gün ellerini bırakıp bizden gidecek ya, onu düşünüyorum.

Benimki hayal işte, korkma. Seni sevdiğimden tüm bunlar.
İnsan sevdiği insanla hayal kurarmış. Ben de öyle yaptım. Seninle kurdum. Ayıp mı? Değildir bence...
Çünkü sen dünyanın en özel şeyisin. Ve ben bunu bilerek seni nasıl kaybederim bilmiyorum.
Kaybetmek istemem...
Sen gidersen yarım kalır, tam olmaktan vazgeçerim.

Mesela sen hiç benim yokluğumu düşünüyor musun?
Ben olmasam da başkasıyla olur muydun?
Sever miydin beni sevdiğin gibi bir başkasını?
En çok da bundan korkuyorum biliyor musun?
Bana baktığın gibi başkasına bakıp, bana güldüğün gibi bir başkasına gülmenden korkuyorum...
Hayatta her şey olabilir ama bunları görmek istemem.

Sahi, daha birçok şeyini görmemişim.
Mesela bana yalan söylediğini...
Meğer başkasını seviyormuşsun.
Nerden mi biliyorum? Telefonundan.
Biliyor musun, insan kendini bambaşka bir parça olarak görüyor.
Sanki senin hayatında şu anda bir fazlalıkmışım gibi...
Tüm dünyanın dışında bırakılmış gibi...
Keşke şey demeseydin. Sevmiyorum demelerini geçtim de keşke "ona bakınca midem bulanıyor" demeseydin.
Senin öyle dediğini okuyunca ben de gidip bulduğum ilk aynada kendime baktım.
Ben kendime bakınca midem bulanmadı ama seninki bulanmış.
Yani insan neden sevmediği birini öper ki o zaman?
Neden öptün beni?
Neden sarıldın?
En azından şunu diyebilirdin; "Git!"
Git deseydin ben giderdim, rahatsız da etmezdim seni.
Hiç değilse beni onun karşısında rencide etmeseydin.
Keşke birini kandırıp beraber olacaksın diye başkasının gözünde beni mahvetmeseydin.
Ben en çok ondan utandım. Ama alıştım. Beni mahvetmene, üzmene, kırmana alıştım.
Şimdi ne mi olacak? Seni unutacağım elbette. Bana bir şey demene gerek yok.
Hayat bir telefon kadar yakınken, bir telefon kadar uzaklaştırıyor

insanı. Mideni bulandırdığım için özür dilerim. Senin dilemene gerek yok.
Gözümde kocaman bir dağdın. Sırtımı yasladım, üstüme yıkıldın.

Tüm fotoğraflarımı silersen sevinirim.
Çünkü benim için hepsi
yanmayı bekleyen birer kâğıt parçası artık...

Belki yarım kaldım ama
yalan yaşamadım.
Ne kendime, ne sana karşı.
Bu yetiyor bana.

Gerçeğini aradığım sevgilere yalan katmak
İhanet olurdu.
Kendine ihanet eden tamamlanamaz.

Ne Yaparlarsa Yapsınlar Beni Yenemeyecekler!

Bir karanlığın içinde olduğunu düşünüyorsan artık ışığı görme vaktinin geldiğini biliyorsun değil mi?
Biliyorsun...
Aslında karanlık hem en yakın dostun hem de düşmanındır.
İkisi de birbirine benziyor.
Uzaklar yakın olursa tadı çıkar mıydı hayatın?
Yüzünü güneşe dönüp merhaba demek gerek bazen.
Hem hayata hem de karanlığa...
O cevap vermese bile yalnız olmadığını anlarsın.
Ve biliyor musun hiçbir yalnızlık seni terk etmez.
Yalnızlık, her zaman senin ve benim hayatımın bir parçası.
Sevgiye gelirsek de onlar her zaman giderler.
Sevgi; gitmek, âşık olmak, acı çekmek için var. Ben çok acı çektim ve biliyorum sen de öyle...
Misal, kilometrelerce gidip hiç orada kalmak istedin mi?
Öylece yalnız ve bir başına...
Korkusuzca 'seni seviyorum' demelisin mesela. İçinden geldiği gibi, saklamadan, araya gereksiz kelimeler katmadan.
Neden korkuyorsun? Nasılsa gidecek. Hem içinde kalmamış olur.

Satır aralarından aşağıya düşüp, bazen de yere çarpmak istiyorum. Ama sen de biliyorsun ki yere düşmek bir ömür sürüyor bazen. Belirsizlik yorar, belirsizlik güçsüzleştirir. En dibi göreceğin yol ne kadar kısa olursa o kadar iyidir.

Şunu tekrarlıyorum kendime hep:
Ne yaparlarsa yapsınlar, ne kadar hırsla çabalarlarsa çabalasınlar, beni yenemeyecekler.
Seni de... Seni de yenemeyecekler inan buna.
Yenilsek ya da kaybetsek bile Caner Yaman'ın dediği gibi, "Güzel Kaybettik" diyeceğiz.
Kayıplar güzeldir.
Seni kendine, onu da kendisine götürür.
Artık senden giden biri sadece ona gidebilir. Geri gelmez.
Ve olduğun yerde sıkışıp kalırsın.
Ona ne kadar gidebilir bilmiyorum ama sen orada takılıp kalırsın.
Takılı kaldığın yerde susma derim.
Avazın çıktığı kadar bağır.
Filler kadar hatırla.
Bir kelebek gibi yaşa.
Yarın yokmuş gibi...
Yarınlar olmayabilir, güneş bir daha doğmayabilir.
Karanlıkla tekrar sevgili olabilirsin.
Peki her aşk karanlık mıdır?
Bazı şeyleri tadı damağında kalınca anlarsın...
Hevesin kursağında kalır, canın burnuna gelir ve canına susarsın.
Kimse bir damla su dahi vermez. Onların bildiği tek şey senin üzülmendir.
Hani çölün ortasında kalırsın da su içmek istersin ya...
Hani her şeyi unutur da babanın ilk tokadını unutamazsın ya...
Öyle bir şeydir işte.
Koşarak uzaklaşmak istesek de altımızda ne bisikletimiz ne de gidecek bir yolumuz var.
Fizan yakın olsa gider miydin?
Gittiğin yerde huzur bulamayacağını bildiğin halde yine de o yere gitmek ister miydin?
Ben sırf varmak istemediğim için yarı yoldan dönerdim.
Çünkü oraya gidersem, gittiğimde onu unutamazsam olduğum

yere çöker gökyüzünü seyrederim.
Ve hiçbir zaman kalbim o kadar mavi olamaz.

Biliyor musun, ben en çok boğulmaktan korkarım.
Ve ne yazık ki hayatımın on yılını boğularak geçirdim.
Her gün nefes almadan, bir pencere kenarında öylece gelmesini bekledim. Durmadan, usanmadan, yorulmadan bekledim.
Geldi mi?
Geldi...
Sevdi mi?
Hayır...
Unuttum mu?
Unuttum...
Ve ben bir daha karanlıkta kalıp gökyüzünü seyrederken, doğmayacak bir güneşi hayal edip Fizan'da boğulmak istemiyorum.
En iyisi durmak.
Durmak, boğulmaktan iyidir.

Bir Gün Beni Anlarsın.

İhtiyacım olduğu zaman neden yanımda değildin? Ben seni bu kadar çok severken, neden yanımda değildin? Her istediğini yaptım. Gün geldi paramı bölüştüm, gün geldi ekmeğimi...
Bu kadar mı değersizdim senin için? En ufak bir tökezlememde ortada bıraktın beni.
Bu kadar kolay mıydı yarı yolda bırakmak?
Ama ne var biliyor musun, ben yarı yolda kalmayı iyi bilirim tek başına ayağa kalkmayı da... Bu zamana kadar neler geçirdim ben.
Sen mi yıkacaksın beni?
Sen mi yere düşüreceksin?
Sen mi üzeceksin?

Kusura bakma ama o kadar kolay değil! Zaten başka türlüsünü beklemezdim senden. Bu zamana kadar kim beni yere düşünce kaldırmış ki? Asıl kabahatli benim. Sana bu kadar güvenerek gerçek suçu ben işledim. Haddinden fazla emek verip hayatında göremeyeceğin sevgiyi verdim.
Ne bekliyordum? Her düştüğümde, her ağladığımda, her karanlığa düştüğümde ışık olmanı mı?
Yazık!
Sana verdiğim cümlelere, senin için yazdığım yazılara, söylediğim şarkılara yazık!

Yine de ne olursa olsun beni yarı yolda da bıraksan, sana diğerlerinden farklı bir şey yapacağım:

Hakkımı helal edeceğim!

Kimse sana bunu yapmamıştır ama ben yapacağım. Neden biliyor musun? Canın yansın diye!
Beni ne kadar yarım bıraksan da sana asla küfür etmeyeceğim, asla "ah" etmeyeceğim.
Belki utanır da değerimi anlarsın.

Hani bir cümle vardır; "seni benim kadar kimse sevmeyecek" diye... İşte tam da öyle! Seni benim kadar kimse sevmeyecek. Her yarıda bıraktığın sana "ah" edecek, kimse benim gibi hakkını helal etmeyecek! Sen benden daha eksik kalacaksın, bir yanın hep yarım kalacak.

Dilerim yine de hayatında iyi olursun, mutlu olursun. Olur da bir gün sana bu hayatta tek bir beddua edeceksem o da şudur; umarım günün birinde sen de benim gibi seversin. Seversin de anlarsın ben olmayı, için kanarken bile, o büyük sevgin yüzünden nasıl da hakkını helal ettiğini...

Yolum yokuş dahi olsa oradan çıkacağım...
Yolum karanlık dahi olsa oradan geçeceğim...
Yolum bitse dahi sonuna kadar gideceğim...
Ama sana asla muhtaç kalmayacağım...

Hayat kısa bir yer, kimsede hakkını bırakma diyorlar. Ne senin hakkın bende kalsın ne de benim hakkım sende...
Al hakkını uzaklaş, artık görmek dahi istemiyorum seni.

Tek başıma öyle ayağa kalkarım ki, tüm dünya parmakla gösterir beni. Bu zamana kadar her zaman tektim. Bu saatten sonra da tek ve hür yaşarım.

Artık gözlerimin içine bakınca gözlerimin güldüğünü göremeyeceksin. Her sabah sana günaydın yazanların zorunluluktan yazdıklarını bileceksin.

Nefesimin yettiği kadar hakkım helaldir sana.
Şimdi git, istediğinle istediğin yerde ol ama benden uzak ol!
Senin için yarın ne olur bilemem ama benim için yarın güneş doğacak. Yeniden hayata başlayacağım.
Ve kendime acı bir kahve yapacağım.
Uğurlar olsun sevgilim.

Hiçbir zaman seni bir daha anmayacak olan eski sevgilin...

Gözümden Düştün.

Nasıl sevebildin onu anlatsana? Mesela yılın üç yüz altmış beş günü sana berbat bir hayat yaşatıp sadece 14 Şubat günü yüzüne yalandan gülen birini nasıl sevebildin?
Kendine eziyet etmekten vazgeç ve artık ayağa kalk.
Olay şu; sen onu sevmiyorsun.
Onu bırak! O seni sevmiyor.
İnsan sevdiğinin canını yakar mı?
Sen onun üzülüp ağlamasını ister misin? İstemezsin.
Peki nasıl oluyor da o bunu isteyebiliyor? İstemeyi geçtim, o nasıl seni üzebiliyor?
Seni sevdiği için mi? Hayır.
Ne kendini kandır ne de beni... Bazı şeyler aşikardır.

Hayatta herkes bir yalana inanır ve peşinden koşar.
Peşinden koştuklarımız da bizi beklese yetişeceğiz aslında ama ne yazık ki yetişemiyoruz.
Onların tek istediği senin ve benim üzülmem, başka bir şey değil.
Mahvolmanı istiyorlar; kaybolmanı, nefes almamanı istiyorlar.
İyi de onlar kendilerine hep yaz olsun istiyorlar diye hiç kar yağmayacak mı?
Elbette kar yağacak ve önce senin kalbin donacak. İşte o zaman taş kesileceksin. Bir daha yenilmemek için kolay adım atmayı keseceksin. Kimi zamansa cam gibi olacaksın, kalbini kim kırdıysa sen de onu keseceksin.
Bu hayatta sadece onlar mı üzecek?
Seni, beni, bir başkasını... Kafam dimdik hayatta yürüyorum diyeceksin.
Hem belki koşarsın da... Fakat bu defa bir yere varmak için değil, sırf canın istiyor diye koşarsın.

En son ne zaman canın istedi de bir yerlere gittin?
Sırf canın istiyor diye en son ne zaman sevdin, sevildin?
Her zaman birilerinin zorlamasıyla bir şeyleri yapmak mecburiyetinde kaldık.
Artık canın ne istiyorsa onu yapma vakti.
Çünkü sen onun için değil, kendin için yaşıyorsun.
Kendin için yaşarken neden seni üzmelerine ve kırmalarına izin veriyorsun?
Korkma! Bir izleyen var.
Burası kötülerin dünyası ama kötü insanlar bu dünyada kazandığından fazlasını kaybetmeye mahkumdur, bunu unutma.

Olan olmuş diye bakıyoruz, fakat olan şeyin tek sebebi yine sensin.
Hayatta hiç kimsenin seni üzmesine izin verme.
Olanlar olabilir; sen güzel şeylerin olmasına izin ver.
Sustukça içinde büyüyorsa, bağır.
O içindeki çocuğun büyümesine izin verme.
Otuzundan sonra bir işe yaramıyor.
Tek başına kalmanın da tadını çıkar mesela.
Saatlerce ağlayacaksan ağla, o da güzel, o da masum...
Ama bir tek kendin için ağla.
Her göz yaşı sana bir ders, her hıçkırık kulağına küpe olsun.
Sonra gözyaşlarını siler, ayağa dimdik kalkarsın.
Ağrına giden şeyler varsa at hepsini üstünden.
Unutma, sen bu hayata bir şeyleri taşımak için gelmedin.
Gitmek mi istiyor? Gitsin.
Gittiği yerde mutlu oluyorsa ne mutlu ona!
Çünkü sen yalnız da güzelsin.
Neden biliyor musun?
Ondan daha güzeli ve daha iyisi her zaman var.
Gözünde büyüttüklerini artık okulundan mezun et.
Hayat kolay değil biliyorum.
Aslında sen zorsun...

Gün Gelir Aşk Kazanır.

Gün gelir hiç kimse seni sevmiyor gibi hissedersin. İşte o günlerden bir tanesi... Sen hiç "Beni neden sevmedin" diye sorabildin mi? Ben sordum, cevap veremedi. Çünkü cevabını ben biliyordum.

Sevilecek birisi değilim; alkolüm var, sigaram var, zamanında yaptığım kötülükler aldığım ahlar var. Kim sever beni?
Sen sever misin?
Gün geliyor yaptıklarım yüzünden ben bile kendimi sevmiyorum, o da haklı. O neden sevsin ki beni?
Fakat bazen duruyorum ve diyorum ki, bu kadar kötülük yaptın, bu kadar zarar verdin, yıktın kırdın parçaladın! Ya birisi çıkıp "ben seni seviyorum" derse, o zaman ne yapacaksın? Buna inanabilecek misin?

Birisi kalkıp milyonlarca insanın arasında beni sevecek... Sanırım heyecandan ölürüm.
Çünkü gerçekten birisi beni sevecekse ve ben de onu seveceksem; düşünsene, bunun adı aşk olur, gerçek anlamda aşk, yalansız, lekesiz aşk...

Herkesten, her şeyden uzakta bir aşk yaşamayı çok isterdim. Şöyle bir insan düşün; seni seviyor, sana yalan söylemiyor, aldatmıyor ve sen onu görür görmez "işte bu" diyorsun... İnsanlar bir gülüşleriyle âşık olabilirken ben, bir gülücükle hayatımı verecek konuma gelebiliyorum. Sonsuzluk diye bir şey varsa bu, yaşama değil, ölene kadar aşka uygulanmalı. Ben sonsuza kadar onu sevmeliyim, o da sonsuza kadar beni sevmeli. Kalbi taştan olanların durağı gibi... Birisi gelir bekler ve bir otobüs onu alıp gider. Vardığı yerde hem istediği hayat hem de huzur vardır. Ben bunun olmasını çok isterdim.

Gökyüzüne dokunuyorum, bulutlar elimde parçalanıyor. Her yere öyle bir uğursuzluk, öyle bir karanlık sinmiş.
Bir gün birisi çıkıp gelir mi meçhul. Ama ben aşkın ıstırabını da seviyorum. Biraz kavgalı olmalı, ben onu görünce titremeliyim. Mesela rakımı getirmeli, karşılıklı rakı içip hiç konuşmamalıyız. Beni bir bakışıyla yerle bir etmesine rağmen yine de sevmeliyim onu.

Beni sever mi bilmem. Benimki de hayal; biraz buruk ve kırık biraz...
Toparlanması zor ama imkânsız değil. İmkânsızlıklar bana yakışmaz. Bu zamana kadar önce hayal ettim sonra da yaptım. Hayal edip de yapamadığım hiçbir şey olmadı.

Sevmek için kendimi hiç durdurmadım. Herkes sevgiden kaçarken ve kimse beni sevmiyorken ben inadına sevdim. İnadına âşık oldum. Üstelik bunu yaparken hiç de üzülmedim, üzülmem de...

Aşk demek, kendine saygı demek. Benim en çok kendime saygım var. Ve bir gün birisinin bana bu sürprizi yapacağına dair umutlarım da var. Senin yok mu? Gün gelir karanlık olur. Elbet o karanlığa ışık açar ve sen durup kendine üzülürsün, "bu zamana kadar bu karanlıkta ne yaptın" diye.
Sonra o ışığı yakan senin yüzünü avuçlarının içine alır ve şunu der: "Seni seviyorum."

Elbet o günler gelecek, içimde sevgi tekrar yeşerecek.
Olur mu?
Olur...

Kalbimi seninle ben kararttım,
ben o karanlıktan da çıkarım.

Canını yaktıklarında acını yaşa
ama tek bir şeyi,
kendine olan saygını asla unutma.

Parayla Huzur Olmaz.

Mustafa Palabıyık'a...

Ben hayatımda "abi" dediğim birini tanıdım; zengin, yakışıklı kültürlü biri. Bu abim âşık oldu ve ben neyi fark ettim biliyor musunuz; para hiçbir şey değilmiş. Para sizin benim elde edebileceğimiz bir para değil.

Hayatta her şeyi satın alabildiğinizi, gördüğünüz her şeyin sizin olduğunun düşünün. Evet her şey... Bu abi hayatında her şeyi aldı, yaptı ama kalbindeki onu sevmedi. Her gün telefonda birkaç cümle kuruyoruz, birkaç şey söylüyoruz ama her finalde "artık daha güçlüyüz" diyoruz.

Hayatta her şeyi satın alamayız. Mesela ben ne olursa olsun annemi tekrar yaşatamazdım. Trilyonlar versem milyar dolarlar versem eğer zaman dolduysa para hiçbir şey demektir. Hayatta her şeyi satın alabiliriz ama mutluluğu satın alamayız. Düşün, dayalı döşeli evin olsun, altında araban olsun, havuzun, bahçen, çalışanların olsun. Evde tek başınaysan günün sonunda bir "iyi geceler" diyecek birisi yoksa, lanet olsun öyle paraya!

Para arkadaş satın alır mı? Alır.
Dost satın alır mı? Alır.
Sevgili alır mı? Alır.
Ama sen tüm bunların sahte olduğunu bilirsin.
Onları satın aldığını bilirsin.
Kimse seni gerçekten sevmiyorsa yaşamanın ne anlamı kalır?

İçtiğin çayın tadı yoksa neden içeyim o çayı?
Güzel bir manzarayı hiç değilse bir insanla paylaşamıyorsan ne anlamı var görmenin?

Benim için hayat paylaşınca güzel. İnsanın öğrettikleriyle güzel. Buralara neden geldim biliyor musunuz? Bugün abiyle konuşurken ona şunu sordum; "abi, çok para mutlu ediyor mu?"
Gülümseyerek şöyle cevapladı, "etmiyor."
Hayattaki her şeyi satın alabilirsin ama mutluluğu alamazsın.

Ben de o sırada kredi kartımı düşünüyordum. Anlayacağınız herkesin hayatında kendi dağına göre kar oluyor. Kimisi altında kalıyor, kimisi üstünde kayıyor.

Hayatta çok savaştım, çok emek verdim, çok kırıldım, çok güçlü insanlar da gördüm.

Bazen mutluluk bir damla yaş kadar akar gider, tutamazsın...

Bunu öğrettiğin için buradan sana teşekkür ederim abi...

Hakkım Helâl Değil.

Ben kimseye beddua etmem ama sana ettim. Çünkü hayatımdan çıkarken benim bütün emeklerimin yarısını alıp da gittin... Maddi manevi elimde avucumda ne varsa yarısını sana verdim, sırf git diye, sırf beni rahat bırak diye...

Duyuyorum, saçma sapan birçok hikâyen oluyor. Gelip bana anlattıklarında "lütfen artık bana sormayın, söylemeyin" diyorum. Senden o kadar nefret etmişim ki adının baş harfini bile duymak istemiyorum. Hani sokakta yürürken bir marketin yahut bir bakkalın adı, senin adın veya soyadın çıkar ya... Oradan alışveriş bile yapasım yok.
Benden her şeyini alıp gittin. Umarım mutlusundur. İnsanlara anlattığım zaman, "ne kadar sabırlıymışsın, ben olsam çok farklı şeyler olurdu" diyorlar.
Ne yapayım? Ne yapabilirim? Ya da ne yapabilirdim?
Ben seni gerçekten sevdim. En başından beri çok sevdim. Hiç kimse yanında yokken her şeyinde ben vardım.
Peki sen ne yaptın?

Soruyorum, bana bunu neden yaptın? Hayatında kimse sana bu şekilde iyi davranmamışken, benim hayatımı mahvetmek için neden bu kadar uğraştın? Benden ayrılıp gitmene rağmen arkamdan konuşmaya devam ettin. En azından olmayan şeyleri söyleme! Senin yalanların yüzünden eşim dostum bana düşman oldu. Ve ben ne dedim biliyor musun? Sırf bana bulaşma, sırf bana gelme, sırf benimle irtibata geçme diye "o ne diyorsa doğrudur. Lütfen benden uzak durun" dedim.

Bana inananlar benimle, sana inanlarsa seninle kaldı.
Fakat seninle kalanlar da benim arkadaşlarımdı. Yine de sana inandılar.
Helal...
Ne olursa olsun onlara da hakkımı helâl ediyorum.
Ne de olsa yedik içtik. Bunlar benim için çok önemli.
Ve biliyor musun, eğer ilk tanıdığım gibi kalsaydın şu an hiç kimse umurumda olmazdı...

Sen beni çok üzdün. Ekmeğimi böldüm sana, hayat oldum.
Bir sevgili, bir koca, bir baba oldum.
Hakkın bana helâl mi bilmem.
Benimki sana değil...
Çünkü inan ki sen beni öylesine üzdün ki... Belki koca bir yıl hayatımdaki hiç kimseye güvenemedim. Buna babam da dahil...

Benden alıp götürdüklerin seni mutlu etti mi artık umursamıyorum.
Ama şunu bilmelisin; sana hakkım helâl değil.
Bugüne kadar tanıyıp tanımadığım herkese helâl ama sana değil...

İnsan Olmanın Değerini Bil!

Ayrılmak ne de kolay; öylece bitti dersin ve gidersin, değil mi? Arkanda ne kaldı, enkaz mı var, üzüldü mü, ağladı mı tüm bunlardan sana ne değil mi? Seni ne ilgilendirir, artık bitti dersin ve gidersin... Peki yaşanan onca ay ya da gün? Hatta yıl? Ne için oradaydın? Sebebi neydi? Kendini iyice sevdirip, gidişinin destansı olması mıydı niyetin?
İyice kırıp dök! Bu mu sizin olayınız?
Güzellikler yaratmak varken çirkinliğe mi aşıksınız?

Bu arada bir şey diyeceğim ama kırılmak yok; siz gidince gerçekten de kahrolup üzüleceğimizi falan mı düşündünüz? Diyelim ki elimizdeki telefonun bir üst modeli çıktı, sence artık eski sürümün bir cazibesi kaldı mı?

Herkesin yeri dolar. Biz sadece sizin için değil, yaşadığımız güzel günler hatırına üzülüp mahvoluyoruz. Hiç değilse ben o şekildeyim. Bana sarılmanı, yediğimiz yemekleri, gezdiğimiz yerleri, izlediğimiz filmleri düşündükçe üzülüyorum.

Beni terk ederek bu zamana kadar kimse yıkamadı, yıkamaz. Beni, onsuzlukla terbiye edemez kimse. Çünkü bir defa "bitti" dedim mi biter! Ve ben bu "bitti" kelimesini o kadar zor kullanırım ki anlatamam.

Karşımdakinin her şeyini düşünürüm; aç mı tok mu iyi mi? Ailesi, arkadaşları nasıl? Hatta arkadaşının arkadaşı nasıl? Ben bir insanı seversem sadece onu sevmem, onun dünyasını da severim. Fakat ben "bitti" dediğimde iki dünya bir araya gelsin, bir daha ben bir araya gelmem.

İnsanlar, seven insanların değerini ne zaman bilecek? Ne zaman huzurlu ve mutlu şekilde, en önemlisi de güvenerek bir uyku uyuyabileceğiz? Sanırım hiçbir zaman... Çünkü ne zaman arkamı dönsem oradan gol yiyorum. Ne zaman başımı çevirsem geri döndüğümde sevdiğim insan orada olmuyor. Bu kadar kolay mı ya! Sadakatsiz insanın hiçbir şeye sadakati yoktur; işine gücüne, kendine, ailesine... Herkesi bırakıp gidebilir.

Bu insanlar ne zaman bu kadar gaddar oldu? Ne zaman menfaat uğruna sevdiği her şeyden vazgeçti?

İnsan her şeyden vazgeçebilir ama kendinden geçmemeli... Bazıları menfaatleri için kendi gururunu ayaklar altına alıp elinden gelse dünyayı satacak hale geldiler.

Hayat bu kadar kolay olmamalı, sevgi bu kadar kolay ayaklar altına alınmamalı.

Her şeyini ayaklar altında çiğneyebiliyorsan, insan değilsin.

Alt tarafı seveceksin; koruyacak, iki film izleyecek, birkaç şiir okuyacak, merhamet gösterip öleceksin.
İnsan olmak gerçekten de bu kadar zor değil.
Ama zormuş, beceremiyorsa zormuş.
Özür dilerim senden, insan olmanı beklediğim için.
Artık gidip menfaatlerin uğruna insanlıktan vazgeçebilirsin.

İnsan olmayanları hayatınızdan çıkarın. Ağaçla, bulutlarla konuşun, onlar sizi menfaatleri uğruna yarı yolda bırakıp gitmez. Aksine, bulutlar, yağmurlar, ağaçlar gölge verir; sen insanlığından yeşerir, çiçek açarsın...

İnsan olmanın değerini bil...

İyi ki Yapmışım.

"Kaya gibi ol" derdi babaannem ve eklerdi; "kimseye boyun eğme, kimse sana söz geçiremesin."

Gerçekten de öyle oldu. Hayatta kim karşıma çıkıp beni ezmeye kalktıysa karşısında dimdik durdum. Kimseye hesap vermedim. Hayat böyledir, seni bir ağaç dalı gibi eğmeğe çalışır ama sen ne olursa olsun eğilmemelisin. Eğilirsen kırarlar.
Fakat ben sana bir dal ol demiyorum.
Sana ağaç ol diyorum. Çünkü hayat bana, bir dala yapılacaklardan daha fazlasını verdi.
Daha fazla acı çekip daha fazla vurdu. İnsanın başında ilk önce aile olmalı. Ama ailen yoksa, tek başınaysan kendin ağaç oluyorsun.
İnsanlar da senin gölgene geliyorlar.
Ben ağaç olmayı seçtim; yanıma kim geldiyse kucak açtım, sarıldım, güç verdim, yapabilirsin dedim.
Bence sen de yapabilirsin. Hem belki bir gün ben gelip, senin gölgende otururum. Ne dersin?
Belki ağlarım senin omzunda. Dünyada bir omuz olmak ne kadar zor biliyor musun?

Herkesin bir derdi var. Herkes zor durumda. Herkes yalnız. Ve sen koca bir omuz olarak 'gel, ben buradayım' diyorsun. Zor iş bunlar, çok zor... Ama toparlanmayı bileceksin. Yaz gelir, kış gelir fark etmez. Güçlü olmak zorundasın.

Gün gelir yaprakların dökülebilir, gün gelir kuruyabilir, susayabilirsin. Ama yeniden ilk bahar gelecek, unutma.

Her insanın bir kışı varsa, mutlaka bir ilkbaharı da var. Gün gelecek ve çiçek açacaksın; yeşillenecek, mutluluk saçacaksın. İşte o vakit, o mutlulukla insanlar senin gölgene saklanacak. Sen de gözlerinin içine bakıp, "geçecek" diyeceksin ve ekleyeceksin; "geçecek merak etme...Korkma! Her şey düzelecek."

Şimdi aynısını ben sana diyorum. İnsanlar seni üzebilir, kırabilir ve yalnız bırakabilir. Merak etme bir tanem geçecek.
O güzel günler geri gelecek.
Ve bu arada şunu sakın unutma olur mu; o seni seviyor.
Hayatta kimse için değmez, değmeyecektir de... Seviyorsan ve söylemek istiyorsan söyle.
Bırak sende kalacağına onda kalsın. Koşmak istiyorsan koş, susmak istiyorsan sus. Hayat senin, tadını çıkart. Kim ne demiş umursama. Bırak herkes istediğini söylesin ne fark eder? Hayat seni bu şekilde mi yenecek?

O iğrenç pazartesiler hiç bitmeyecek ve susmak için çok günler gelecek. Bir sabah aynada yüzündeki kırışıklıklara baktığında, her çizgide bir hikâye, her çizgide bir aşk göreceksin.
Aldatılmaların, terk edilişlerin yüzünde her zamankinden fazla olacak. Fakat kendine şunu diyebileceksin.; "geçecek, bu da geçecek."

Hiçbir şey aynı kalmayacak. Yarın olduğunda her gecenin bir sabahı var diyeceksin. Ve günler günleri kovalayacak, en sonunda kendine şunu itiraf edeceksin; "İyi ki yapmışım. İyi ki sevdiğimi söylemiş, iyi ki hatalar yapmışım..."
Seni sen yapan şeyler onlar, başkaları değil. Sen kendi kendine güzelsin, unutma...

Hayat yarım bardak su gibidir; bir var bir yoksun...

Ben Kusurlarımla Güzelim.

Bu hayat benim yüzümü düşürdü. Yine de insanlar gülümse diyor. Komik olmayan bir şeye nasıl gülebilirim? Evet, tek bir komik şey var, o da benim...
Anlatayım da gülün.

Ne yediğim yemekten keyif alabiliyorum ne de gittiğim bir yerden. Yemek yiyorum ama doymak için değil, yaşamak için. Sonsuz bir karanlığın içinde ışık olmasın diyorum. Çünkü ışık demek, umut demek... Ve ben bu umut meselesinden çok sıkıldım. Ne zaman umut etsem, bir şeye sevinsem, birazcık tebessüm etsem hayatın tokadını hissettim yüzümde. İşin kötü yanı ise artık vurunca canım da acımıyor, öylece bakıyorum hayatın suratına. Öbür tarafımı dönüyorum, 'yetmez, bu tarafa da vur' diyorum. Bunlar senin alışkanlıklarındır.

Sence komik mi?

Bence hiç değil! Artık ne umut edebiliyorum ne de gülebiliyorum.

Saatlerce aynanın karşında oturmuş kendimi seyrediyorum. Bazen dışarı çıkıp bir sahil kenarına gidiyorum ve hiç benim olamayacak şeylere bakıyorum. İnsanların gülümsemelerini taklit etmeye çalışıyorum ama hiç onlarınki gibi olmuyor.
Kusursuz insan olur mu diyorlar.
Ben oradaki insan değil, kusurum gibi hissediyorum. Sanki kusur, benim; insan olan onlar.

Hep mi yenileceğim? Evet!
Hep mi yalnız olacağım? Evet!
Hep mi susacağım? Evet!

Ama tek başına daha güzelim. Hiç değilse yalnızlık sizi aldatmaz, yalnızlık size yalan söylemez, yalnızlık sizi terk etmez. O her zaman sizin yanınızdadır.

Ben de öyle yaptım, en yakın arkadaşım yalnızlıktır dedim.
Gerçi telefonuma bakarsak rehberim kalabalık; arkadaşım, dostum, ailem dediğim çok insan var.
Ama hepsi bir amaç uğruna ararlar.
Ya paraları biter ya işleri düşer ya da başka bir şey...
Kimsenin beni sevmediğini bilmek bana daha çok güç veriyor.
Çünkü şunu söyleyebiliyorum;

"Benim size ihtiyacım yok, sizin bana ihtiyacınız var."

Onlar benim kadar güçlü değil. Tek kalırlarsa mahvolurlar. Eğer sen de benim gibi tek isen korkma, kimseye ihtiyacın yok. Zaten kime anlatıyorum ki, sen de biliyorsun...

Sen ve ben tek başına daha güçlüyüz. Bu yüzden hayat vurduğunda diğer yanağımızı dönüyoruz.
Çünkü biliyoruz, asla yenilmek yok bize.

Ben hayattaki kusur olabilirim ama kusurlarımla güzelim. Beni hayatına davet eden, bir insan olarak değil, kusur olarak alacaksa kabul ederim. Herkes birilerine muhtaçken ben kendime muhtacım.

Çok önemli değil diğerleri. Güneş batsa da olur batmasa da... Birisi günaydın dese de olur demese de... Birisi seni seviyorum dese de olur demese de... Ben kendimi seviyorum ya, o bana yeter.

İnsan dediğin ilk önce kendini sevecek.
Eğer sen de kendini seviyorsan bunu kendine söyle, çünkü hiç kimse sana bunu içten söylemeyecek.
Şimdi kendine içinden gele gele seni seviyorum de.
İnsanlar, insan olarak kalabilir. Sen bu dünyada kusur olarak kal.
Onlar tiyatro oynasın, sen tıpkı hayatın kendisi gibi gerçek ol.

Sen bir kusur olarak çok güzelsin; bu sefer sen, ben ol.

Bazen Bir Aşk Seni Yarım Bırakmaz, Bazen Annesizlik Yarım Bırakır.

Hiçbir insan yarım kalmamalı. Ben insanları bazen bir rakıya benzetiyorum. Mesela şarap gülenler, rakıysa hikâyesi yarım kalanlar içindir. Çok içersen unutmaz daha da hatırlarsın. Aşk da böyle değil mi? Yaşadıkça yaşamak ister insan. Yarısını bulunca da bırakmak istemez. Tam olmak bu dünyada bir lüks mü? Evet bir lüks. Peki tam olmaktan kim kaçmak ister? Kim yarım kalmak ister? Kimse.

Bulutlara seslenmek isteseydin ne söylemek isterdin?
Ben, annemi geri ver derdim...

Çünkü iliklerime kadar özledim desem anlayabilir misin? Vücudumun her hücresi "anne, seni çok özledim" diyor, fakat duyuramıyorum. Bazen bir aşk seni yarım bırakmaz, bazen annesizlik yarım bırakır. Ve babam her sabah kalktığında günaydın diyor ama bana değil. Sen gittiğinden beri hayatım o kadar zorlaştı ki anne, bunu nasıl anlatayım...

Beni biliyorsun, her şeyim planlıdır. Yarın ne yiyeceğimden nereye gideceğime, bu tarihler arası tatil yapıp şu tarihler arasında sevgilim olup ayrılacağıma kadar. Yani anlayacağınız benim her şeyim planlıydı. Evet planlıydı da, annemin öleceği hiç planda yoktu. Ben hiç annem ölmeyecek gibi yaşadım. Hayatımdaki her şeyi planladım ama bunu planlamak aklımın ucunda bile yoktu. Ben bunları yazıyorum ama keşke okuma yazma bilmeseydim diyorum kendime.

Çünkü hiçbir çocuk annesinin mezar taşını okumak istemez.

Ne kadar istemesem de hayat okuttu anne, okumak zorunda kaldım.

Şimdi nasıl mıyım? Artık plan yapmıyorum. Ne yiyeceğim şeyler ne de giyeceklerim umurumda değil. Hayat nereye git derse oraya gidiyor, kimi sev diyorsa onu seviyorum. Babamın dediğine göre bir erkek evleneceği kadını şöyle seçermiş; "seni annen gibi sevmeli."
Beni, senin gibi seven hiç kimse çıkmadı anne...
Gerçi senin gibi hiç kimse sevmez beni, sevemez...
Bu arada otuz bir yaşına geldim anne.
Sekiz yıl oldu sen gideli.
Sekiz yıldır bir rüzgâr beni oradan oraya savuruyor. Nereye götürüyor ya da nereye götürecek hiç merak etmiyorum. Bir yanı hep yarımken nereye gittiğini önemsemiyor insan.
Bu arada sana bir sır vereyim mi anne, babam hiç ölmeyecek.
Çünkü senden sonra bunu kaldırabileceğimi zannetmiyorum.

Seni seven oğlun, Sercan.

Kimse İçin Kendinden Vazgeçme.

Uzaklara daldım dalmasına da gidemiyorum oraya, gücüm yok. Hadi başarabilirsin diyorum kendime ama daha kendim kendimi dinlemiyor ki... O da haklı, hep aynı şeyler olur ve olacak diyor.

Gideceğim, merhaba diyeceğim, tanışacağım. Birbirimizi tanıyacağız. Flört dönemi, sevgili olmak derken o beni yarı yolda bırakacak. Ve final, hüsran...

"Ne bekliyorsun ki" diyorum kendi kendime, insanlar kötü. Bu dünya sana göre değil, hiç olmadı da...
"Peki benim dünyam nerede?" dediğim zaman cevap belli ama hiç ses çıkarmıyor.
Oysa cevap belli; "senin dünyan, seni terk etti."

Ben onu çok sevdim. Gerçekten ona, "sen benim dünyamsın" dedim ve her şeyimi onun üstüne inşa ettim; aklınıza gelebilecek her ne varsa...

Uyandım sevdim, uyudum sevdim, yedim sevdim, içtim sevdim. Bir insan bir insanı her yerde sevebilir mi? Seviyormuş.

Mesela bir gece kalkıp ona mektup yazdım. Son cümlelerim, "beni hiç bırakma, çünkü ben seni hiç bırakmayacağım" olmuştu.
Bir keşkem varsa hayatta işte odur.

Keşke o mektubu gönderseydim ona.
Belki okur, hiç bırakmazdı beni.
Bir mektuba insan bırakmaz mı diyorsanız, ben onun bir gülüşüne bırakmak istemedim.
Bir mektup çok mu? Onun hiç değilse doğallığı var, çaba sarf etmiyor ama ben oturmuş mektup yazıyorum; yarın buluşacağımı bildiğim halde...

Ve sonra düşünüyorum, ben onu neden bu kadar sevdim?
Ne farkı vardı? O da insan...
İki kolu, iki bacağı, iki gözü vardı ama göremediğim bir şeyi yokmuş; kalbi...
Kalbi yokmuş onun.
Onu görememişim ben. İnsan kör olur aşıkken.

İnsan der ya hani, önüne bak kör müsün! Körmüşüm.
Fakat biliyor musunuz, etrafımdaki herkes görmüş, beni uyarmaya çalışmışlar ama ben duymamışım. Galiba sağırmışım...
Anımsıyor gibiyim, bana çok konuştular ama ben o sırada onun gülüşünü hayal ediyordum. Ne zaman buluşacağız, neler yapacağız gibi cümleler geçiriyordum içimden.
Saniye sayıyordum yanıma gelecek diye.
O sıra bana anlatmışlar, bağırmışlar, hatta bazen fısıldamışlar ama yok, ben duymamışım.

Sonra o çok sevdiğim, o hayalimde bitiremediğim kişi bir gün beni terk edip gitti. Bir başıma kaldım. Ve ona giderken gitme diyemedim.

O zaman anladım; ben hem kör hem sağır hem dilsizmişim.

Bir aşk benim tüm duyu organlarımı almış, hiç etmiş beni.
İnsan âşık olunca ne yapacağını şaşırıyor, ben de çok şaşırdım.

Ama ne var biliyor musunuz?
Artık duyabiliyor, görebiliyor hatta konuşabiliyorum. Ve beni üzecek insanları gördüğüm anda gözlerimi dikip suratlarına kocaman bir "s*ktir git" çekiyorum...

Artık hak edeni sevmeyi öğrendim ve artık ne kör ne dilsiz ne de sağırım. Kendi kendime daha güçlüyüm. Beni ne kadar yıkarlarsa yıksınlar tek başıma ayağa kalkabiliyorum. Kimse için kendinizden vazgeçmeyin, benim gibi olmayın. Hayat yarım bırakmayı sever, yarısını bulunca kaybetmek istemez.

Tam olmaktan vazgeçme. Sen tek başına çok güzelsin.

Her Şey Aynı, Her Şey Sen.

Yalnız kalmak, benim için özgürlüktür. Çünkü yalnız olduğumda beni ne üzen var ne de terk eden. Yarım kalmak ne kadar acıysa o kadar canım yanıyor bugün. Dinlediğim şarkıların tadı kalmadı, hangisini açsam onu hatırlıyorum. Bakıyorum, görmüyorum. Konuşuyorum, kendimi bile duymuyorum.
İyi ama neden?
İllaki bütün şarkıların yolu ona çıkmak zorunda mı? Çalınan her melodi onayken nasıl bana ait bir şarkı olabilir ki? Bana ait olan her şey senin dedim diye hayatımı da alıp götürmek zorunda değildin. En azından giderken beni bıraksaydın diyorum bana. Çünkü benden eser bir şey kalmadı bana senden sonra. Her şeyim senin olmuş, artık ne yolda yürümekten keyif alıyorum ne de yemek yemekten. Her şey aynı, her şey sen...

Belki sen olsan atlardık şu karşımda duran denize.
Ya da sessizce izleyebiliriz, yeter ki ikimiz yan yana olalım. Ben seni izlerim sen ise manzarayı... Herkes kendi manzarasına bakardı. Çünkü benim hayatımda gördüğüm en güzel şey sendin. Biliyor musun, sen yokken ben çok değiştim. Mesela artık daha fazla küfür ediyorum, daha fazla sinirliyim ve gereksiz şekilde her şeyi sorguluyorum. Halbuki sen varken başka biriydim. Öylece susar, dışarıya bakardım, sesim dahi çıkmazdı. Şimdi söz bende olsa da olmasa da sesim o kadar az çıkıyor ki kendime.

Bazen de tam tersi, çok bağırdığımı söylüyorlar. Sen varken sesimi çıkaramadım, bari yokken herkes sesimi duysun istiyorum. Ama bağırsam da duyamıyorum kendimi...

Bazen de ne oluyor biliyor musun? Kendimle anlaşamıyorum. Bir gün bir rengi beğenirken, ertesi gün başka bir rengi beğeniyorum. Çabalıyorum, değişmek için ama olmuyor ve bazen de sana benzettiğim her insanı senden kıskanıyorum.

Sokakta çiftler kavga ediyor, yanlarına gidip "bir dakika, yapmayın" demek istiyorum. Adam kalkıp "git" diyor, sus ulan işte git demek istiyorum ama olmuyor. Diyemiyorsun. Kim diyebilir ki? Aynı seninle bana benziyorlar, en çok ona seviniyorum. Kavga ediyorlar ama birinden birisi elbet kalkıp bir tatlılık yapıyor. Keşke ben de öyle yapsaydım. Sana "yeter, git" yerine "kal" deseydim. Diyebildim mi? Diyemedim.
Neden diyemedim? Ben de bilmiyorum. Tek bildiğim şey seni özlediğim ve sensiz yarım kaldığım.

İnsanlara birçok defa seni anlattım. Herkes artık senin neyi sevip neyi sevmediğini çok iyi biliyor. Zaman geliyor ve ben şaşırıyorum. Onlar "hayır, geçen gün böyle demiştin" diyerek beni düzeltiyorlar. Bir ömürlük hikayemde anlattığım en güzel hikaye yine hep sen oluyorsun.

Şimdi ne mi yapıyorum? Oturmuş eski günlerin hatırına içiyorum.
Tek düşündüğüm sensin ve bir de kurduğumuz hayaller.
Bazen de kaldırım taşlarının ne kadar sert olduğunu düşünüyorum, sanki aynıymışız gibi... Sen üstüme basıp geçtin. Ne farkım var onlardan? Bence hiçbir farkım yok.
Hem soğuk,
hem sert,
hem de taş kalpli biriyim.
Ve sensizim...

Herkes Dağına Göre Kar Görür.

Dünya seni ters teper. İyilik yapmaya çalışırsın ama suçlu yine sen çıkarsın. Ama ne olursan ol, başına ne gelirse gelsin iyi bir insan ol. Çünkü bu dünya kötülerin dünyası ve kötüler bu dünya üzerinde kazanarak kaybetmeye mahkumdur.

Benim inancıma göre cennet var. Sen neye inanırsan inan her zaman hayat felsefen şu olmalı; iyi bir insan olmak.
Karmanın da dediği gibi, ne ekersen onu biçersin.
Enerji dersen ki elbet bir şekilde o sana geri gelir. Etki tepki...
Allah dersen de işte orada Cennet var.

Kötüler her zaman kazanabilir, her zaman gülebilir. Korkma! Dünyadaki her gördüğün şey gelip geçici, her şey soyut. Elinle tuttuğun şey bile...Neden dersen, o tuttuğun şeyi ya da gördüğün şeyi bu dünyadan ayrılınca bir daha görmeyebilir ve tutamayabilirsin. Bu yüzden bu dünyada para pul şöhret kısaca her şey soyut.
Burası bir sınav. Sen sev, sen iyi insan ol. Gerisi sana gelecektir, her neye inanıyorsan...

Korkuların seni bir uçurumdan aşağı atlamaya çalışsa da sen yine de dimdik dur.
Bırak sahte insanlar elinden geleni yapıp seni üzmeye çalışsınlar. Bırak onlar yalan söylesin, aldatsın. Bırak istediklerini yapsınlar.
Seni onlardan ayıracak tek bir özelliğin var; iyi olman... İyi olunca emin ol herkes seni güzel anacak. Kötülük yapmaya çalışanlar iki defa düşünecek. Çünkü şunu bilecekler; sevenleri

çok, arkasında duranları çok. Bırak korksunlar senden. Bırak, yalan söylediklerinde onların suratlarına gülümse. O gülümsemenle terbiye et onları.

Sevgilin seni aldattı mı? Aldatsın ne fark eder?
Yalnız mı kaldın? Kal.
Biri küfür mü etti? Etsin.
Boş ver... Herkes dağına göre kar görür. Herkesin sırtına bineni yine kendinedir.
İnsanlar bu yüzden günü ve zamanı gelince sırtındakilerin altında kalıyor.
Sen hiç kötü birisinin sürekli iyi olduğunu gördün mü? Elbet suratları asılıyor, kalpleri yanıyor. Sonra daha da kötüleşiyor. Nefret nefreti, kötülük kötülüğü doğuruyor.

Sen kendini bil yeter. Ben öyle yapıyorum; her sabah kalkıp aynada kendime günaydın diyor, yeni bir güne çay koyarak başlıyorum. Ne kadar yenilirsen, o kadar kaybedersin. Kaybetme. Kazanmaya çalış; hem kendini hem etrafındakileri... Yorulduğun zaman aklına ben geleyim olur mu?

Ben kendimi şu şekilde adlandırıyorum; bu dünyaya insanlara bir şeyler anlatmak için geldim. Yuva kurmaya, mutlu olmaya değil. Ben kendimi insanların güzel yüreğine adadım. Her gün yeni bir insana iyi olmayı öğretemezsem benim sonum gelir. Son nefesime kadar bu dünyada kaybederek kazananların yanında, iyi bir insan olarak kalacağım.

Önce kendime sonra da sana söz veriyorum. Söz mü? Sen de söz ver ve bunu okuduğunda bana istediğin her yerden yazabilirsin. İnstagram, Twitter vs... O an neredeysen bana mesaj at ve sadece şunu yaz:

"SÖZ!"
Ben anlarım...

Pişmanlığın sızısını yüreğinde duyduğunda
Bana söylediğin son cümleleri hatırla.
Hatırla ki bir daha unutmasın vicdanın.

Kaybetsem de,

yenilmemek için söz verdim kendime.

Yarım Kalanlara.

Teşekkür ederim, yarım kalınca ne yapacağımı öğrettiğin için, bir insan beni aldatırsa kendimi nasıl koruyacağımı öğrettiğin için. Teşekkür ederim, biri yalan söylerse onu nasıl unutacağımı sayende bildiğim için. Teşekkür ederim, eğer evlat sahibi olursam ona nasıl davranacağımı öğrettiğiniz için.

Teşekkür ederim, hayatımı nasıl yeni baştan kuracağımı öğrettiğiniz için. Teşekkür ederim, bir ayrılıkta yıkılmamak gerektiğini öğrettiğiniz için. Teşekkür ederim, tek başıma kahvaltı etmeyi öğrettiğiniz için.
Teşekkürlerim beni yarım bırakanlara. Ailem, dostlarım, arkadaşlarım, sevgililerim hepinize teşekkürler.

Hepsinin üstesinden gelip daha güçlü olmayı öğrettiğiniz için çok teşekkürler.

Bu hayatta çok yara aldım, çok da kabuk bağladım.
Ama bu zamana kadar ne yara aldıysam hepsine dikiş attım, sadece izi kaldı. Ne kadar izi kaldıysa onları alıp kendime ders çıkardım.

Sayenizde bundan sonra dostlarımı seçerken daha dikkatli olacağım, bir hastane köşesinde kendime acımayacağım.

Sayenizde dostlarımı iyi seçeceğim, en kötü anımda hüngür hüngür ağlarken bir dost bulacağım.

Bir gün bir evladım olursa sayenizde ona en güzel aileyi verip asla yüzünü astırmayacağım. Ona okuyamadığım tüm kitapları okutup tüm dünyamı ona vereceğim.

Sayenizde harika bir ilişki kuracağım ve biliyorum ilerde hayatımıza girecek o muhteşem insan beni ne aldatacak ne yalan söyleyecek ne de beni sevmemiş gibi davranacak.
Ona tüm ruhumu ve dünyamı vereceğim. Bu hayatta ne kadar yarım kaldıysam onunla tam edeceğim.

Bu hayatın bana attığı tüm tokatlara karşılık diğer suratımı çevireceğim ve yüzüme yakışan en güzel gülümsemeyi seçeceğim.
Vur hayat bir tane daha vur! İstediğin kadar vur... Çünkü beni; ailem, dostlarım, arkadaşlarım ve hayatıma giren sevgililerim yeterince yetiştirdi.

Yeterince karşına geçip gülümseyecek kıvama geldim, beni hala yenemedin...

Ben bu hayatta yarım kaldıkça diğer yarıma sarıldım. Herkes benden bir şeyler alıp götürdüğünü düşünürken aslında sadece kendi taraflarını alıp gidebildiler. Bende kalan, bende kaldı...

Evet, yarım kalmış olabilirim. Kimsem olmayabilir ama siz mi yeneceksiniz ulan beni!
Siz mi beni alt edeceksiniz?
Beni üzerek, aldatarak, döverek, yalan söyleyerek, sevmeyerek yenebileceğinizi mi düşündünüz sahiden?

Bundan daha fazlasını yapmanız gerek yenilmem için. Çünkü bu hayat beni bu şekilde yenemez.

Ben ve benim gibi yarım kalan herkese sesleniyorum; kendinize sarılın, kendinizi sevin. Hayat zor olabilir. Hayat kırabilir ama siz ne olursa olsun ayağa kalkacaksınız. Size gökyüzünü hayal ettirip kanatlarınızı kıracaklar. Size mutlu olmayı gösterip cehennemi yaşatacaklar. Bunların hepsi teker teker olacak. Fakat siz ne olursa olsun gökyüzünü hayal etmekten vazgeçmeyin. Gün gelecek siz gökyüzünde dolaşırken kanatlarınızı kıranlar, sizi yerin dibinden hayranlıkla seyredecekler.

Benden tüm yarım kalanlara selam olsun.
Her yarım kalan şeyin elbet bir devamı vardır.
Çünkü her şeyin bir sonu vardır.
Yarım kalanlar bilir bunu...

Eğer Bir Yerlerde Mutluysan, Mutlu Olarak Kal.

Keşke hiç tanımasaydım dediğiniz insanlar var mı? Benim var. Keşke hiç görüp de âşık olmasaydım, elini tutup hiç sarılmasaydım. O kadar boğazıma kadar batmışım ki boğulmak istiyorum ama boğulamıyorum. Bazen soruyorum, ne istediniz lan benden!

Mütevazi, kendi kendine bir hayatım vardı. Kendin hayatıma girmek için çabaladın. Hadi girdin, kendine âşık ettin, sonra neden arkana bile bakmadan bir mesajla hayatımdan çıkıp gittin? Bari son kez gözümün içine bakarak kendine iyi bak deseydin. Bunu hak etmedim mi? Her şeyini düşünen sonsuz sevgi veren, her sıkıntında yanında olan ben, son bir kez buluşup bir "kendine iyi bak"ı hak etmedim mi?

Hayatımız her zaman kendi ellerimizdeydi, peki ya duygular? Duygulara ne zaman karşı gelmeyi öğreneceğiz? Daha ilk buluşmada onun aslında sana gelmediğini ve seni hiç sevmeyeceğini bile bile, bir aptal gibi yalandan gülümsemesine nasıl kanabildik? Nasıl bile bile lades diyebildik? Hiç bu kadar aptal olduğumu hatırlamıyorum, hiç canımın bu kadar yandığını da... Oysa ilk yanıma geldiğinde hiç yüzüne bile bakmamıştım. Bana ne için geldiğini bilseydim seni sever, yüzünü avuçlarımın arasına alıp bir baba gibi yanaklarından koklaya koklaya öper miydim?

Kokun daha burnumdan gitmemişken sen nasıl benden gidip de beni yarım bırakabildin? Sonsuz bir sevgiyi insan kendi elleriyle nasıl itebilir merak ediyorum, hem de kendi yaratıp kendi isteyip kendi inandırdığı bu sevgiyi nasıl sonlandırabilir?

Ne kadar kalpsiz varsa gelir bizi bulur ya, gerçekten o hesap bizimki de... Benim gibi birini geldin inandırdın. Üstelik aşkı, sevgiyi kafasından tamamen silip atmış bir durumdayken, "hayır, hayat öyle değil" dedin. Ne istedin lan benden!

"Bu çok sabit ve taş kalpli olmuş" deyip, dur şuna aşkı tekrar hatırlatıp güneşi gösterip, sonra da bir çukura atmak mıydı niyetin?
Beni bir karanlığın içine hapis etmek gerçekten bu kadar mı hoşuna gitti?

Senden sonra ne yediğimden anlıyorum ne içtiğimden ne nefes alabiliyorum ne de bir inancım kaldı. Bir yokluk denizine demirledim öylece duruyorum orada. Soluksuz, hissiz, kimsesiz.

Şimdi soruyorum sana, ben senden sonra kime inanıp kimi seveceğim? Kimin kokusunu bir daha ezberleyip sanki evladım gibi koynumda uyutacağım? Kime güveneceğim ben?

Benim insanlara karşı duruşumu o güzel şefkatimi benden çalıp bir çukurun içine attın. Ne yukarı çıkabiliyorum ne de gökyüzünü hayal edebiliyorum.

Ne haliniz varsa onu görün diyeceğim de buna bile kıyamıyorum. Çünkü ben, senin ne halin varsa onu görüp ona âşık oldum. Bunun daha farkında bile değilsin...

Ne halin varsa ordayım. Gördüğüm şeye hayal kurup bir ev inşa ettim. Şimdi ne hayalim kaldı ne evim ne sarılacak bir yuvam ne de inanacak bir aşkım...
Eğer bir yerlerde mutluysan, mutlu olarak kal...
Çünkü beni mutsuzluğa ittin;
düşemedim, hâlâ düşüyorum...

Ne Olur Beni Benimle Bırak.

Kendimle konuşur gibi konuşacağım seninle. İçtenliğimle. Samimiyetimle. Neysem, o şekilde.

Söylenecek çok söz varken sadece "git" demek istedim. Çünkü gözümün içine baka baka yalan söylemişti. Ne yapacaktım? Kabul edip başka bir yalan daha söylemesini mi bekleyecektim?

Zaten insanlar da böyle değil mi? Bir kere boyun eğersen boynun kırılana kadar zorlarlar, asla vazgeçmezler.

Ne kötü insanlar var bu dünyada! Neymiş, beni çok sevdiğinden yapmış. "Sana ne yaptım" diyorum, "sinirimden başkasıyla konuştum" diye cevaplıyor. Vay be! Demek ki bana sinirinden yaptın, kendin isteyerek ya da hoşuna gittiğinden değil? Zavallısın! Böylesi aciz bir davranışın başka bir tanımı yok.

Ne oldu peki? Ne olduğunu ben söyleyeyim; ne konuştuysan konuştun ve karşındaki senle olmayacağını anladı, sonrasında seni kendinden uzaklaştırdı ya da uzaklaştırmayınca doğrudan kendisi gitmek istedi.

Sonuç olarak kaldın bana...

Ben de bir şekilde bunu öğrendim. Şimdi bana sinirlendiğin için başkasıyla konuşmuş oldun. Aslında cümledeki suçluya bakarsak suçlu yine benim. Çünkü ben sinirlendirmişim ve

sen bunun için, yani bu pisliği bu yüzden yapmışsın. Özür dilerim hayatım, ben aptalım! Seni sinirlendirip başkalarıyla seni muhatap ettiğim için ben bir eşeğim! Ne kolay değil mi suçluyu hemen bulmak...
Ve suç atmak...

Doğru ya, kimse sütten çıkmış ak kaşık değil. Herkes suçsuz, herkes melek... Herkes melek de ölüm meleği gibi... Ne yaparsan yap ne kadar seversen sev sonunda canını alıyor.
Sen de benim canımı aldın haberin yok. Şimdi affetmem mi gerekiyor ya da gözünde suçlu benmişim gibi kendimi mi affettirmem gerekiyor? En iyisi ne yapalım biliyor musun? Sen şimdi bu masadan kalk ve lütfen beni bir daha arama. Önce kendime, sonra her eşeye rapmen sana olan saygımdan diyorum bunu, doğrusu bu.

Sen şimdi eşine dostuna "beni bunu yapmaya mecbur etti, ben de kurtulmak kafamı dağıtmak istedim" gibi anlatırsın. Onlar da "haklısın" derler. Ama bir şey diyeyim mi, sana kim haklısın diyorsa ondan kork. O senin dostun değil düşmanındır bunu bil.
Gerçi kan kanı çeker ya... Sen neysen sana haklısın diyen kişi de odur...

Artık ne olursanız olun, kim kime ne yaparsa yapsın, sen gidip onunla mı konuşursun ya da o kalkıp sana mı bir şey yapar umurumda değil.

Ne olur beni benimle bırak ve lütfen beni de bir daha arama...

Hayatınıza şayet böyle insanlar girerse onları hayatınızdan uzaklaştırın. Bir kere yapan bir daha yapar. Bir kere vuran bir daha vurur. Bir kere yalan söyleyen her zaman yalan söyler. Bir

kere aldatan bir kere daha aldatır.
Bu hayat her zaman tekrarlardan ibarettir.
İnsanoğlu iyi yaptığı şeyleri tekrarlamaz.
Kötü yaptığı şeyleri tekrarlar.
Ne acınası... Ne kötü...

Onu İlk Gördüğümde...

Onu ilk gördüğüm günü hatırlıyorum da, sadece bir fotoğraftan ibaretti. Tek bir gülümseme o sabah benim tüm dertlerimi unuttururdu. Ev kirası, faturalar, kavgalar kimin umurunda...
Kulaklarıma bir ses şunu dedi; "geçmiş olsun, hayatına yeni bir amaç girdi." O amaç; zayıflamak, onun karşısına çıkmak, kendini beğendirmek ve bir şekilde onu kendine âşık etmek. O gülümsemenin benim olma hissini en son çocukken hissettim. Hani çocukken alınmasını istediğin bir oyuncak için bağıra bağıra ağlarken bir anda o oyuncağa kavuşursun ya... Tıpkı o anki gibi bir gülümsemeydi. Dünya tersine dahi dönse benim olmasını istedim.

Sonra günler geçti ve sadece uzaktan bakmakla yetindim. Bir gece sosyal mecrada bir soru sordum. Normalde bu hiç huyum değildir. Birisi bana "âşık mısın" dedi, ben de "evet ama o imkânsız" diye cevapladım. O imkânsız dediğim kişiyse bana mesaj attı, "nasıl imkânsız, saçmalama" dedi. Büyük bir heyecanla ayağa kalkıp "imkânsız işte" dedim. Konu döndü dolaştı "o âşık olduğum sensin" dediğim noktaya geldi.
Dondu kaldı...
Sonra bir süre konuştuk. Havadan sudan, hayattan...

O gece "gelince görüşelim" ile bitti. Buna hazır olup olmadığını sordum. Çünkü hayatımdan bir on üç yıl daha gidebilirdi.

Biz birkaç defa daha konuştuk ve konuşurken ona sürekli numaramı vermişim. O kadar konuşmak istemişim ki onunla...

Sonra bir baktım bu telefon vermeyle ilgili televizyondan dalga geçer gibi bir kesit paylaştı. Utandım... Konuşmaları okuduğumda daha da utandım. Sürekli telefon vermişim o da ısrarla yazmamış ya da aramamış.
Uzatma işte değil mi...

Sonra ne mi oldu?
Sevgilisi oldu...
Ve ben şunu anladım; olmayacak şeylere âmin demekten vazgeçmeliyim. Belki de geçmeliyiz...
O da haklı, ne yapsın beni? Onun adına mutlu olmaktan başka çarem yok. Ciddi anlamda o gün ilk sevgilisini gördüğümde yarım kalmanın ne demek olduğunu anladım. Hiç benim olmamış biri için yarım kaldım. Ama ne olursa olsun hayatımda gördüğüm en güzel gülümseme... Umarım onun değerini biliyordur, çünkü o benim olsaydı sanırım dünya üzerindeki en iyi insan olabilirdim.

Hayattaki tek şansını kaybetmiş gibi hissettim. O kadar zaman sen içinde tut tut tut, sonra da kendini rezil et... Hiç rezil oldunuz mu bilmem ama benim hayatımda yaptığım en güzel rezillikti.

Utandım. Çok utandım ama yine de şunu düşündüm; ne olursa olsun, hayat nereye giderse gitsin birini seviyorsan söyle. Belki ben söyleyerek kaybettim ama sen kazanabilirsin.
Eğer söylersen ve kazanırsan bana yaz olur mu?
Hiç değilse bunun için sevinirim.

Dünya ne olursa olsun o gülümseme her zaman beynimde kalacak.
Benim için yarım kalan bir hikâye, onun için hiç başlamamış bir kitap gibi...
Kapağı var, içi belirsiz...

Hayat Hatalarla Güzel.

Babam gözümün önünde anneme ilk tokadını attığında anlamıştım; hayat çok zordu ve ben bunun üstesinden nasıl geleceğimi bilmiyordum.

Daha çocuk yaşta şiddetin ne hale geldiğini bir birey olarak ne kadar büyüsem de beynimdeki ilk gelen anının bu olduğunun farkındayım. Bu yüzden herkesin sorusuna bir cevap vermek düştü. Neden tüm vücudumda çizgi film karakterleri var?
Çünkü benim çocukluğum biraz sert ve gergin geçti. Eğer fotoğraflardan yakınlaştırıp bakarsanız hepsi kızgın bu karakterlerin, hepsinin suratı asık, hepsi kırgın ve sinirli.
Tıpkı benim gibi...

O dövmeler şu anlama geliyor; eğer bir gün doğru insanı bulup bir yuva kurarsan ve bir mucize olur da bir evladın olursa ona kendi çocukluğunu yaşatma... Bu yüzden hepsi sinirli. Bak sen bu kadar kötü bir hayat yaşadın, yaşadığın hayatı yaşatma demek. Yaşadığım hayatı yaşatmayabilirim ama kendi çocukluğumu nasıl sileceğim onu bilmiyorum. Her gördüğüm yerde bunları görüyorum. Sokakta bir baba veya anne çocuklarına bağırdıkları zaman sanki gözümün önünde bir film oynuyor ve ben içinde kayboluyorum. Bazen o kadar gerçekçi oluyor ki kendimi, elimde ne varsa kıracak dereceye kadar sıktığım halde buluyorum.

Eğer bir gün anne ya da baba olursanız ne olursa olsun, hayatınızda ne yaşanırsa yaşansın evladınızın yanında sakın kavga etmeyin, sakın savaşlar vermeyin.

Sırf bu yüzden eve gitmek istemedim. Annemle babamı aynı sofrada görmek istemedim. Ömrümün çoğu sokaklarda saçma sapan işlerle uğraşmakla geçti.
Neden?
Çünkü ev kavgaydı...
Çünkü ev huzur bulduğum yer değildi...
Çünkü ev cehenneme girmek gibiydi...

Sırf bu yüzden sabah dokuzda kalkar, işim olmasa dahi kendimi sokağa atar, hiçbir şey yapmazsam kendi kendime basketbol oynardım; arkadaşsız, kendi başıma saatlerce kafama güneş geçene kadar...

Bir çocuk için gördükleri hafızadır. Ve şu an bana deseler ki beynindeki tüm çocukluk anılarını sileceğiz, kabul mü, gözümü kırpmadan hiç sorgusuz sualsiz hepsini alın derim.
Hiçbir şeyi hatırlamak istemiyorum.
Benim en büyük acılarım, duygularım, hislerim çocukken idi.

Ve hayatta ne zaman saygı duydular bana?
Beni siz sevdiğiniz zaman. Ben size iyi olmayı, aşkı, insanlara güzel davranmayı anlattığım zamandan itibaren, yani beni seven insanlar olduktan sonra onların gözünde bir yere geldim.

Beni okuyorsan, dinliyorsan, bir yerlerde nefes alıyorsan...
Lütfen bir gün anne baba olacaksın, evladına bana yapılanı yapma. Ve bırak, ne istiyorsa onu yapsın.
Hatalarıyla büyüsün...
Ben sokakta birçok hata yaptım ama ayağa kalkmayı orada öğrendim...
Hayat hatalarla güzel...

Bazen...

Bazen herkesten saklanmak istiyorum. Hani çocukken saklambaç oynardık ya, tıpkı onun gibi... Gidip bir yere saklanayım, kimse bulmasın. Sadece o bulsun beni.
Peki o nerde?
Neredesin doğru insan?

Doğru insan diye diye yanlış olmaktan korkuyorum. Huzursuz insan olmaya çalışmaktan yanlış bir şey olacağım, o insan gelene kadar ben kötüleşeceğim gibi...

Her insanın bir çifti vardır, ben buna inanıyorum. Peki benim diğer yarım nerede? Keşke bir hap olsa ya da bir makine olsa da baksak, mesela oradan bulsak onu. Ben hayatımda birkaç kez, "evet bu sefer oldu" dedim ama hep yarıda kaldı bir şeyler.
Sen de yarım kaldın mı?
Ben kaldım.
Kalıplaşmış dünyanın içinde su gibi akıp gittim. Hiçbir kalıbın içine giremedim.

Sahile gidip ben de sevdiğimle banka oturup güneşin batışını seyretmek istiyorum. Bu hayatta bu olay çok mu? Alt tarafı güneş batacak biz de onu seyredeceğiz. Ya da sırf onun canı çekti diye Tekirdağ'a gidip köfte yiyeceğiz. Sebepsiz de güzeldir bir şeyler, kendiliğinden gelen mutluluklar en güzelidir.
Biraz komik gelebilir ama insanlar hastalanınca başında bile durmuyorlar. Mutluluk planlayabileceğin bir şey değil. Planladığın beklentiler hayal kırıklığın olabilir.

Ben mesela... Hastalandım. On sekiz gün devamlı serum yedim. Sadece hastaneye bir kişi geldi.
O da Okan Akar kardeşim.
Ne arayanım oldu ne de soranım!
İnsan yanında bir insan ister, benim yoktu. Hastaneden çıkmaya yakın telefonlar çalmaya başladı.
İnsan, doğru insanı bulmayı bırak bir dost bulamıyor. Dünya da haklı, neden doğru insanı karşıma çıkarsın ki... Çünkü artık doğru insan denen şey kalmadı. Filmlerde gördük o aşkları sevgileri. Hepsi bir köşeye atıldı...

Yıllanmış bir şarap gibi tozlar içinde bekliyorum. Hani radyoda bir şarkı çalar ve tesadüf ya en sevdiğin şarkıdır ama sonuna yetişmişsindir... Ben onun gibi olmasını istemiyorum. Biri gelsin ve ben o şarkıyı ömrümün sonuna kadar dinleyeyim istiyorum.
Bir ömür sürecek şarkılar...
Hiç batmayacak gün batımları...
Bırakılmayacak eller istiyorum...
Ve sanırım ömrüm boyunca gelmeyecek bir şeyi istiyorum...
Gelir mi? Belki gelir...

Zaman akıp gidiyor. Akrep yelkovana düşman, ben saniyelerle kavgalı, uykularım ise kaçık.
Ağzımın tadı da yok...
Her gecenin bir sabahı var da tek başına kahvaltı etmek can sıkıyor. Hiç değilse birisi günaydın desin istiyorsun. Kimse yokken ne gün ayıyor ne de uyanmanın bir anlamı oluyor.
Ebedi uykuya dalmadan önce son göreceğim şeyin sevdiğimin gözleri olmasını istiyorum. Seni seviyorum deyip onu bulutlarda beklemek istiyorum...

"Elbet bir gün olur" diyerek tekrar umut ediyorum.
Ağzımda yarım sigara, kül tablası hüzünlü bir şekilde...

Aşk Çaba İster.

Kaldırım taşları kadar sert ol demişti dedem. Ben de o kadar sert oldum, hayat vız gelir tırıs giderdi. Hayatta üzüleceğim bir şeyin olmadığını düşünürken bir kadının hoşça kalına yenik düştüm...

Sonra bir evin önünde oturdum. Onun camını seyrederken kaldırım taşlarına, "ben sizin gibi olacaktım ama olamadım" deyip durdum. Meğerse orada oturmak zaten adamı taş ediyormuş. O soğuk taşa oturunca anlıyor insan neyin ne olduğunu. Bir hoşçakal ne kadar ağırmış. Sen hoşçakal diyorsun da ben hoş kalabilir miyim acaba?
Sen gidiyorsun diye neden hoş kalayım?

Ne hoş kaldım ne de unutabildim. Ama işin sonunda dedemin dediği gibi taştan bir şeye benzedim. Ne duygum var ne de başka birine güvenim. Güvensizliğin sonucu ne oluyor biliyor musunuz? Her gelen insan gidecekmiş gibi hissediyorsunuz. Ve size güzel dahi yaklaşsa bir çizgi çekiyor, o çizgiyi ne geçirebiliyorsunuz ne de siz o çizgiden geçiyorsunuz.

Benden tüm duygularım çalınmış gibi hissediyorum.

Artık kimse bana sarılmasın, kimse elimi tutmasın, kimse "seni seviyorum" demesin. Kimse "ben her zaman yanındayım" demesin. Çünkü biliyorum, ne beni sevecek ne yanımda olacak ne de sarılmaları gerçek olacak.
Kim gerçek olmayan bir şeye inanır ki?

Sonra ne oluyor?
Sonra benim gibi insanlar her yerde oluyorlar işte. Birine gel dediğiniz zaman yüz kere düşünüyor, gelse dahi çizgileri mesafeleri oluyor.

Hiç yanında oturan kişi uzakta gibi hissettin mi?

Eğer hissettiysen birisi onun kalbini kırmış, incitmiş demektir.
Ne yapmalı diye düşünüyorsan cevap şu; hiçbir şey!
Bırakın o insanlar kendi kendilerine kalsınlar. Sadece onlara yapabileceğiniz maksimum şey, "ben buradayım" demek.
Sen orada ol. Eğer isterse doğru yer ve zamanda sen daha bir şey demeden elini tutar. Yarası olan birisine "hadi başlayalım" demektense onları kendi hallerine bırakın. Eğer o isterse ve sende aynı zamanda istersen o uzaklar yakın olur. O zaman ne olur biliyor musun?
Aşk olur...
Aşk, çaba ister...
Eğer gücün, çaban ve sabrın yoksa aşkı bekleme...
Aşk acıdır...

Kaybetmek Yok!

Ece ilk hastalandığında ne olduğunu bilmiyordum. Çünkü bana söylememişti. Önce telefon geldi, Ece düştü ama iyi diye. Ben de apar topar çıkıp hemen çalıştığı hastaneye gittim. Kapıda beni Gökhan karşıladı. "Merak etme, o iyi" diyordu. Ben ise sadece "Gökhan karımı görmek istiyorum" diye avazım çıktığı kadar hastanenin ortasında bağırıyordum. O sırada içeri Emre girdi. İkisi ağzımı kapatarak çıkardılar. Merak etmememi söyleseler de ben kötü bir şey olduğunu anlamıştım. İyi olsa beni hemen yanına götürürlerdi diye düşündüm.

Sonra Emre suratıma bir tokat attı, durdum ve sakinledim. Emre, "yeter artık ne lan bu" diye çıkıştı. İçeridekinin benim karım olduğunu söyledim o da, "dünyada bir tek senin karın yok" dedi. Fakat dünyada bir tane Ece vardı... Sustuk.

Gökhan "ben bakıp geliyorum" dedi. Benim neden gelemediğimi sorduğumda "orası kadınların yeri, ne işin var? Doktor musun sen, bekle haber vereceğim" dedi. Bir sigara yaktım. Aradan on, on beş dakika geçti. Gökhan beni çağırdığında koşa koşa yatırdıkları odaya çıktım. Kapıyı açıp "Ece" dedim. Sesini uzatarak "bir taneeem" dedi. Kendimi tutamadım ve gözlerimden yaş geldi. Elini tutarak ne olduğunu sordum.

"Bir şey yok bir tanem" dedi ve Gökhan'la göz göze geldi. Gökhan'ın ağladığını görünce ne olduğunu sordum.

Bana yalan söylemiş, bizi böyle görünce duygulanmış. Meğer Ece kansermiş...

O günden sonra daha fazla dövüşmeye başladım.
Aldığı kemoterapiler onu güçsüzleştiriyordu ama birbirimize sadece şunu demiştik, "kaybetmek yok!"

Kaybetmek yoktu da ben onu nasıl kaybetmeye kendimi alıştırabilirdim bilmiyorum...

Bazı geceler sessizce uyanırdı, yatakta dikilip yastıkları sıkar, sessizce ağlardı. O kadar fazla ağrısı oluyordu ki ben arkam dönük ağlayıp ona fark ettirmezken, o da yatakta dikilmiş sırtı dönük ağlardı. O benim ağladığımı bilmese de ben onunkini bilirdim. İlk saçını kestiğimiz gün ben de saçımı kestim. O benim sürekli kafama vurur kel derdi. Gülerdik.

Çok sancılı zamanlarımız geçti. Sonunda Gökhan "artık Ece'nin hastaneye yatması gerekiyor" deyince, hayatta daha kaç yumruk yiyeceğim derken en sert yumruğunu ilk o gün attı bana.

Ece hastaneye yattı ben de kendime bir araba aldım.
Hastanenin önüne park ettim. Her sabah elimde pankartlar yapıyordum. Günaydın, seni seviyorum, kaybetmek yok diyordum. Belki altı ay sadece eve duş almak için gittim. Günden güne o camdaki kızın zayıfladığını artık daha fazla yorulduğunu görüyordum.

Aradan aylar geçti ve bir umut sesi geldi. Arabanın içinde uyurken Emre arabanın camına var gücüyle vurarak "kalk ulan" dedi. Ne olduğunu sordum. Ece'ye bir şey olduğunu zannetmişken gözleri dolu dolu "tedaviye cevap vermeye başladı" dedi.

O sırada kafamı yukarı kaldırdım. Ece elinde ufacık bir kâğıda "kaybetmek yok" yazmıştı...
O, camda ağladı ben ise aşağıda ağladım.
Günden güne iyi oldu. Bir sene savaş verdi ama kazanmıştı.

Eğer inancınız bir sebepten kırıldıysa aklınıza bizim hikayemiz gelsin.
Kaybetmek yok...

Onlar umudunu kırar,
onlar gider,
onlar yarım bırakır
ama hikayeyi sen yazarsın.
Sonunda ayağa kalkarsın.

Gülümsemeyi unutma.

Onu senden çalamazlar.

Her Zaman Bir Umut Vardır.

Acele etmeden yaşamak lazım. Çok acele edersek elimizdekileri kaybedebiliriz. Ve bazen de her şey için çok geç olabilir. Ne çok hızlı ne de çok yavaş... Hayat bu işte, son durağa gelince ineceksin belki de duracaksın.

Ne yap ne et ama benimle kal demiştim. O da ne yaptı ne etti gitti benden. Gitmek için oldukça çaba gösterdi. Mesela artık seni seviyorum dediğimde, onun ben de seni seviyorum derken her zamanki gibi dudaklarında kıvrım oluşmamaya başladı. Hani sen sarılırsın da o tam sarılmaz ya... Hani 'tamam bitti' gibi olur her şey... Ben de bitirmek istediğini anlıyordum ama çaktırmıyordum. Zaten çaktırsaydım o da evet der, koşa koşa giderdi.

Sonunda ne mi oldu?

"Ben ayrılıyorum" dedim. O da "nasıl yani" dedi. Beni sevmeyen birine artık sarılmak istemediğimi söyledim. Sustu. Ben de sustum. Gözünden bir damla yaş aktı, ben de hemen sildim. "Sen iyi ol diye gidiyorum, üzül diye değil" dedim. O da tam ağzını açıp hayır diyecekti, parmağımla ağzını kapattım.

"Konuşmana gerek yok, çünkü ben her şeyi biliyorum."

Ağladı... Hem de çok ağladı... Pencerenin önüne geçip bir sigara yaktım. "Seninle ben bunu hak etmemiştik" dedim.

"Hani her şeyi birbirimize söyleyecektik" diye sorunca, "emin olmayı bekliyordum" diye cevapladı.
Emin olmak mı? Ben bugün canımı isteseler verecek durumdayken o beni sevip sevmediğinden emin olmak istemiş.
Sigaram bittiğinde sadece gözüne bakarak kül tablasında söndürdüm. O an anlamıştı, aslında ağlayacaktım ama ağlamamak için kendimi zor tutuyordum.
Ayağa kalktım tüm cesaretimle "tamam git" dedim.

Hadi durma git!

Kendimi zor tutuyordum. O beni bilirdi, kimsenin önünde asla ağlayamazdım. Ayağa kalktı, "çok ağlama tamam mı" dedi. "Ben ağlamam" dedim, bunu derken de sesim hırıltılı geldi.

O da o sesimi duyunca hemen ağlayacağım anlayarak arkasını döndü, çantasını aldı ve çıktı. Saygı duydum. Hiç değilse öyle görünmek istemediğimi biliyordu ve hemen gitmişti.
O kapıdan çıktı, ben dizlerimin üzerine çöktüm. Koca salonun ortasında bir başıma kaldım. Diyeceğim tek şey neden yarım kaldığımdı. Ömrümde annemden sonra hiç yarım kalmamıştım. Kendi yarıma sarılmıştım. O da sanki onunla beraber gitmişti ve ben hissizleştim. Ne ağlayabiliyor ne de bağırabiliyordum.

Sonra ne mi oldu?

Belki o halının üzerinde iki saat boyunca cenin şeklinde yattım. Olan biteni düşündüm. Aklıma hiç güzel anı değil de ona sarılırken beni istememesi, öperken sanki bitsin diye davranması, hep bunlar gözümün önüne gelince ilk söylediğim cümle "canın sağ olsun" oldu.

Artık canımın acısı kalbimden tüm vücudumu sarmıştı ama ben hakkımı helal etmiştim.

Aradan günler geçti, biriyle bir kafede göz göze gördüm. Ne diyeceğimi bilmeden uzaklaştım. Etrafa biraz baktım. Kalbim yerinden çıkacak gibiydi. Kalbimi tutarak bir apartmanın merdivenlerine oturdum. Bir el uzandı ve elimi tuttu.

Hayatımda gördüğüm en güzel gözlerdi. Merak etme geçecek dedi. Geçti.

Şimdi eve her geldiğimde kapıyı o açıyor.
Onunla hayatımın aşkı dediğim kişi için üzülürken bir merdiven de tanıştım. O gün bugündür ona yaptığım hataların hiç birisini yapmadım.

Ve biliyor musun, artık seni seviyorum dediğimde onun dudaklarındaki kıvrımların oynadığını görebiliyorum...

Ona İyi Bak.

Hayatımın bir döneminde gitmediğim yerlerin hayalini kurup olmayan şeylerin gerçek olduğuna inandım. Herkesten elimi çekip kendime inandım ve bir yola çıkmak istedim. Nitekim çıktım da... Sabah olmadan gelirim dedi evden çıkarken. Gidiş o gidiş, ne gelen oldu ne de haberi...

En son evlendi dediler. Ben de kendi kendime içtim o gece. Ona zihnimde düğün yaptım. Gelinlik giydirdim. Alnından öptüm ve gönderdim. Garip bir geceydi, sakin bir ay vardı tepede. Ben ilginç bir şekilde sakindim.

Acaba çocukları kime benzeyecekti? Ona mı yoksa eşine mi? Bana sorarsanız umarım ona benzer. Çünkü o bu dünyanın, hiç değilse benim için dünyanın sekizinci harikasıydı.

Ben şanslıyım, birçok insan hiçbirini görmeden ölüyor. Belki yedisini görememiş olabilirim ama sekizincisine sarılmak gibi bir şansım oldu. O da sabah olmadan gelirim dediğinde ben nerden bilebilirdim, o sarılma ayrılık sarılmasıymış. Fakat iyi hatırlıyorum son sarılmamızda içime doğmuş gibi çok sıkı sarılmıştım, hiç bırakmayacakmışım gibi. Ben anlamadım ama kalbim anladı sanırım. İnsan sevdiği insanı bırakmak istemiyor, aksine "gitme" demek istiyor da diyemiyor.

Son zamanlarda ne mi yapıyorum? Müzik dinliyorum bol bol. Aklıma getirmemeye çalışıyorum. Onun ve benim için elimden geleni yapıyorum, çünkü çok özlersem ararım. Arayıp da bulamazsam, çaresizlik olur. O yüzden aramıyorum. O arasın diyorum. Hemen de bulur bu arada... İnsan bir şeyi bıraktığı yerde unutur mu? Nerede bıraktıysan ordadır. Ben de o nerede bıraktıysa ordayım işte.

Ama şey değil mi, arar bulurdu gerçekten özleseydi...
Demek ki özlemedi, istemedi de... Ne yapalım, istemesin. Zorla kimseyi istetemezsin.

Bu arada kimse işi düşmedikçe geride bıraktığı şeyi bulmak istemez. Ve giden birisinin genellikle işi düşmez, düşse de kaldıran olur elbet, bana kalmaz.
Sabrediyorum; ilk önce kendime, sonra ona...
Neden ona sabrediyorum? İlk ayrıldığımızda onu çok aramış olabilirim, çok rahatsız olmuş olabilir. Sabırlı olduğundan dolayı kötü bir şey demedi.

Ben ne zaman aradım onu? Çok özlediğimde arayıp bulmak istedim. Düğün davetiyesini arkadaşımın evinde görünce kalbim çok kırıldı. Mesela bana da gönderebilirdi bir davetiye. Bu zamana kadar benim yanımda güldüğünü ya da mutlu olduğunu görmedim. O başkasını sevdiyse gülüşünü görmek isterdim. Çünkü insan mutlu olduğu zaman içten, güler. Ben onun hiç içten güldüğünü görmedim. Dilerim güler.

Hiç değilse uzaktan seyreder, demek ki böyle gülüyormuş diyebilirdim. Bir davetiyeyi bile çok gördü, canı sağolsun.

Beni hiç tanımamış, rahatsız olacağımı düşünmüş olabilir ama ben ona her zaman "sen yeter ki mutlu ol" demiştim. Bu yetmemiş... En azından yettiğini görseydim. Yettiren kim, belki örnek alırdım.

Neyse ne! Çok şanslı birisi. Dünyanın sekizinci harikasına sarılmak değil, onunla evleniyor.
Bravo...

Ona iyi bak.
Ben bakamadım.
Sen bak...

Bir Sabah Uyandığımda...

Bir sabah uyandığımda aynada kendime bakınca korktum. Aylardır o aynada kendime bakıyordum ama o sabah çok farklıydı. O sabah gördüğüm kişi yenilmişti. Onu sevmekten vazgeçmişti. Ve ben çok uzun zamandır onu sevmeyi bildiğim için, sevmeden nasıl ve ne yapacağımı bilmiyordum. Aslında kazanmış ama yenilmişti. Çünkü o çok sevdiği insan, o gün o kapıyı çalsa "geldim" dese açmayacaktı. Açmazdım. Çünkü ondan vazgeçmiştim...

O sabah anlamıştım ki kalbimin kırıkları iyileşmiş, tekrar sevebilecek kıvama gelmişti. Yarı mutlu yarı hüzünlüydüm. Düşünsene, kalbin paramparçayken atmaya başlıyor. Bir yanda da kocaman bir boşluk var... O boşluk için aylarca üzüldüm. Belki aylarca dışarı çıkmadım. İnsanlar birileriyle tanıştırmaya çalışıyorlardı, bense hayır diyordum. Ama şimdi o kadar büyük bir boşluk var ki orada...

Birileriyle tanışabilir, birisine merhaba diyebilir, bir sabah kahvaltısında ona çiçek alabilirdim. Bu duyguları tekrar yapabilmeyi istediğim an gözyaşlarımı tutamadım. Çünkü hayatımda ilk defa ona üzülmüyor, onun için ağlamıyor, kendim için mutluluktan ağlıyordum. Kendi kendime "başardım" dedim. Başardım! Yeniden birini sevebilir, elini tutabilirdim.

Sonra elimi yüzümü yıkadım, camlarımı açtım, içeri giren temiz havanın keyfini çıkardım.

En son hatırladığım koku onun kokusuyken bu sefer bahçemin o güzel çiçeklerinin kokusunu almıştım. Ve biliyor musunuz, ben aylardır onların kokusunu alamıyordum. Gözlerim yaşlı kendime bir tost yaptım, yanına da kahve... Kahveden bir yudum aldım. Evet, ben aylar sonra kahvenin tadını aldım. İnsan ağlayarak kahve içer mi? Ben içtim...

Bir umut var mı sorusunun cevabı, o kahveden aldığım kavrulmuş kahvenin tadıyla birleşti. Sorunun cevabı kocaman bir "evet" idi.

Ben hayatımda hiç kazanmadım ama bir sabah uyandım ve kazanmıştım. Aylardır içimde sadece buhran olan ben, o sabah elinde kahvesiyle ağlayarak tek düşündüğüm şey artık iyi olmamdı.

Hayatta yarım kalabiliriz ama diğer yarımız var.

Ben en son neyi mi fark ettim?
Ben kendi kendime de tam olabilirmişim.
Hiç kimseye bağlı olmadan yüreğim açık, öylece durdum. Büyük bir nefes aldım. Kendime not dedim, kendime not! Ben tekrar âşık alacağım! O notu bıraktığım zaman kendime, tekrar olabilirim dedim.

Ve artık kalbim bomboş çiçek kokan evimle beraber elimde kahvemle âşık olacağım insanı bekliyorum.

Eğer sen de hâlâ onu seviyorsan; belki bugün değil, belki yarın değil, belki sonraki gün değil ama elbet bir gün, bir sabah elinde kahvenle gözyaşları içinde "kazandım" diyeceksin.
Benden sana söz...
Merak etme...

Yeter ki Sev!

Yeter ki beni sevsin diye elimden geleni yaptım. Kendimi değiştirdim. Duruşumu değiştirdim. Evimi, belki de her şeyimi değiştirdim. Peki ne için? Yeter ki beni sevsin diye...

Peki ne oldu?

Ne yaparsam yapayım beni sevmedi. Beni gerçekten sevmesini çok isterdim. Hayatımda gördüğüm en güzel gülümsemenin beni sevmemesi... Yani şöyle düşünün, güneş var ama ısıtmıyor. Işık var ama körsün. Biri konuşuyor ama duymuyor gibisin. Ben hiç sesini duymadım. Seni seviyorum deyişini hiç duymadım. Duymak çok isterdim...

Hani sevgilin elleriyle yüzünü avuçlarını alır, içinden gelerek seni seviyorum der ya... O bende hiç olmadı. Hep bir yarım kaldık, hep bir buruk, hep bir ters... Bir türlü düze çıkamadık. Çıkmayı çok istedim.

"Gel, elimi tut hayallerim var benim. Gel, beraber ortak ol hayallerime, sana ömrümü vermeye hazırım" dedim.
Ben hazırdım ama o değildi. O hazır olmayınca da ben bir türlü çıkamadım hayallerime. Bir evet deseydi...
O, "bulutlar ne güzel" deseydi ben ona gökyüzünü verecektim.

İstemedi.
Aslında biliyorum, her insan gökyüzünü ister. Olay istememesi değil. Olay beni istememiş olması...

Sorun gökyüzü ya da bulutlar değil. Sorun bendim. Beni istemedi ben de canın sağ olsun dedim.

Birine âşık olmak çok güzel, kabul. Ama tek taraflı olunca yarım kalıyorsun, kendi yarına sarılıyorsun ve bu yetmiyor.
Sonra vazgeçiyorsun. Karşına alıp "bir sorun mu var" diyorsun. Sanki o da bu soruyu bekliyor gibi "evet bir sorun var, ben gideceğim artık" diyor.
Sen de "git" diyorsun. Gitmeyi kafasına koyan birine kal denmez. Bir noktadan sonra gurur sevgiye üstün gelir.
Ben de demedim...
İçimden sarılıp "tabi ki, nereye gidiyorsun, lütfen kal" demek istedim. İstemekle kalmadım, suratım beş karış karşısında otururken gözlerimi kapatmış içimden, "kal lütfen" diye yalvarıyordum. Ben yalvarıyordum da o beni hiç duymuyordu.

Ayağa kalktı, çantasını aldı. Sanki bir arkadaş gibi elimi sıktı ve "kendine iyi bak" dedi. Ben o günden beri aynada kendime bakmıyorum.
Vazgeçtim...
Bakmıyorum çünkü biliyorum, o gün suratım nasıl beş karışsa, aradan aylar geçmesine rağmen hâlâ suratım asık.
İstemeden oldu, istemeden astım suratımı ve öldü. Artık ne gülecek bir nedenim var ne de susacak bir davam...

Seni Hep Sevdim, Her Zaman Seveceğim de.

Ben olsam, ben de "benimle" olmazdım. Kendime bakıyorum da; şişmanım, yakışıklı desen değilim, param desen var ile yok arası... Neden benimle olsun ki? Bir kere o çok güzel, sesi güzel, kendi güzel, gözleri güzel. Üstelik de bir gülüşü var, anlatmaya çalışsam yirmi dokuz harf bir araya gelse anlatamaz.

Neden benimle olsun? Dışarıda birçok güçlü, yakışıklı, kendine bakan insan var. İkimiz de iyi biliyoruz ki, dünya ruhlar aleminde yaşamıyor. Herkes içindekini görmüyor. Herkes dışa bakıyor, güce bakıyor, olduğun konuma bakıyor. Ne yapayım yani, kolundan tutup 'beni zorla seveceksin' mi diyeyim? Kim kimi zorla sevmiş! Hadi dedim diyelim, o da zor da olsa kabul etti. Bu hoşuma mı gidecek? Bana seni seviyorum deyip sevmiyorsa, bana sarılınca istemiyorsa yanımda olmasının ne anlamı var?

İlk önce insan kendini düzeltmeli. İlk önce bir amaç gerekli. Biri çıkıp dese, "kendini düzelt, senin olacak" dünyaları önüne serer ne isterse yaparım. Ama hayat maalesef bu kadar basit değil. İstediğin her şey istediğin anda gelmiyor sana. Belki hiç beklemediğin bir anda, belki de hiçbir zaman...

Aslında şunu da düşünüyorum; haklı, gerçekten haklı. Onun ailesi olsun yaşam biçimi olsun, hayattan beklentileri olsun, ben de ayak uyduramam belki de. Bazen gözle görülmeyen uçurumları görür, imkansızları hissedersin. Onun gittiği yerlere gitsem belki altı ay ancak gidebilirim örneğin, sonra ne param kalır ne de kişiliğimden bir şey... Hepsini kaybederim. Olmadığım biriymiş gibi davranmaktansa kendim kalmayı ve onsuz kalmayı tercih ederim.

Ama yine de şunu sormadan edemiyorum:
Sevmeyelim mi be!
Sevmekte mi günah?
Ben uzaktan da severim. Örneğin sevgilisi var, biliyorum. Onun yüzü gülüyor ya, o kadar çok mutlu oluyorum ki...
"Oh be" diyorum, bu gülümsemeye birisi sahip ve eminim ki bu gülümsemeyi kimse üzmüyor. Üzmesinler de zaten...

Hayat böyledir arkadaş! Senin sevdiğin seni sevmez, sevmediğin de seni sever. Dünya hali...
Sen birisi için içerken, bir başkası senin için sarhoş olmuştur bile...

Kısacası ne beni gerçekten seven var ne de benim sevdiğim beni seviyor. Ben böyle hissediyorum.

Kaldık mı yani şimdi ortada? Kaldık mı dış kapının dış mandalı gibi?
Olsun be.
Dışarıda kaldım diye sevmekten hiç vazgeçmedim. Ulaşamadım diye sevmekten vazgeçmedim. Ben sadece sevdim. En duru haliyle, en saf haliyle. Sevdim ama bir başkasıymış gibi davranıp kendimden de vazgeçmedim. Bazen insanların mutluluğuyla da mutlu olmayı bilir insan, bilmelidir. Ben de öyle yapıyorum. O mutluysa ben de mutluyum ama şunu biliyorum, tek bir şansım olsa, bir kere gerçekten elini tutup öpme şansım olsa dünyamdaki her şeyi verirdim, o kesin...

Gün gelir devran döner, daha fazla mutluluğunu görür biz de mutlu oluruz.

Seni hep sevdim, her zaman seveceğim de...

Alt Tarafı Bir Tane Hayalim Var, Onu da Elimden Almayın.

En çok neyi özledim biliyor musun; seninle hayal kurmayı... Ne de güzel hayaller kurar, eğlenir ve onların gerçekleşeceğine inanırdık. Şimdi sen gittin ve geride hayaller kaldı bana, bir daha asla seninle gerçekleşemeyecek hayaller...

Ben kiminle kamp yapacağım mesela? Kiminle buradan taşınıp uzaklara gideceğim? Tek başıma mı gideceğim? Sanırım tek başına bir ev bulup, tek başına domates biber ekeceğim bu saatten sonra. Bu hayatta çok fazla hayal kurdum ama en çok seninle kurduklarım olsun istedim. Ne olurdu beni sevseydin de güzel bir yuvamız olsaydı...

Her zaman bir erkek çocuğum olmasını isterdim. Sen de inadına "kızım olacak benim" derdin. Kızları sevmediğimden değil; bu dünya kız çocukları için zor diyeydi bu sözlerim. Ama şimdi tek hayalim, yani senden sonra tek hayalim kız çocuğumun olması. Kimse bana inanmıyor artık. Sanırım sevmiyorlar da... Herkes menfaat ve riyakarlık peşinde.

Bir de sen gidince neyi anladım biliyor musun? Meğerse ben ne kadar yalnız biriymişim, dünya ne kadar büyük bir yermiş benim için... Aslında benim dünyam sadece evimmiş, dışarıdaki hayat çok büyükmüş, bunu çok sonra anladım. En çok da neyi fark edince canım sıkıldı biliyor musun? Ben artık hayal kurmaktan vazgeçmişim. Günümü gün diye yaşıyorum; yarın ne olacağını bilmeden ya da dün ne yediğimi bilmeden... Sanki hayallerimi çaldılar. Onları arıyorum. Çünkü tüm hayallerimi seninle beraber kurmuştum. Biliyor musun, hayatımda hayal edip gerçekleştiremediğim tek başarısızlığım sensin. Sadece sen...

Hayal kurup yarıda kalmak bana yakışmamış olabilir. Tek düşündüğüm sen olabilirsin. Ama gün gelecek ben tekrar hayal kuracağım ve bundan da hiç vazgeçmeyeceğim.
Çünkü bundan sonraki hayallerim birisiyle değil, sadece kendimle olacak. Başka birini hayallerine ortak edince o insan gidiyor. Bu yüzden bir başkasıyla hayal kurmamayı öğrendim. O güzel düşlerime, beni yarı yolda bırakacak birilerini ortak etmemeyi öğrendim. Kim ne yapar ne eder bilmiyorum ama bir daha birisiyle asla hayal kurmayacağım. Alt tarafı bir tane hayalim var, onu da elimden almayın... Ya da yapmayacağınız hayallerin düşlerini kurdurtmayın. İnsan hayal kuramadığında ölmüş demektir. Ben hayal kurmaktan değil, seni onlara ortak etmekten vazgeçtim.

Hayat şakaya gelmez. İnsan, hayalleri için yaşar. Elinden hayallerini alırsanız yaşamanın ne anlamı kalır?

Kendime not;
bir daha hayallerimi kimseye emanet etmeyeceğim.
Onlar benim ve her zaman da benim olarak kalacaklar...

Hayallerim gerçek olduğunda beni görürsün. Çok acı olur... Ve senin için en acısı da şu olur; belki de seninle kurduğum hayalleri başkasıyla gerçek edersem o zaman kalbin yanar, aklında geldikçe yarım kalmış bir gülüş olarak kalırım dudaklarında.

Ben elbet bir gün yine hayal kurarım ama seninle "âmin" demem...

Bu Yalnızlık Beni Çok Değiştirdi.

Herkes keyfini düşünür ama kimse gel demez. Sen ne yaparsan yap herkese "buyur gel" dersin değil mi? Arkadaş, dost dediğin insanlar kendi keyifleri olunca kimseyi düşünmezler. Yalnızlığını kimse anlamaz, işine gelince dostun arkadaşın olurlar. Sahi, kim gerçek ki zaten!

Düşününce sevgilin bile yeri geliyor seni istemiyor, onlar neden bizi istesin?

Ben elimde avucumda ne varsa paylaşmayı çok severim. Bu kim olduğu fark etmez; eşimi dostumu doyurduğumda ben de doymuş gibi hissederim. Çünkü bana öğretilen bu. Ne yaparsan yap paylaş, paylaşınca güzel olur dediler.
Ben paylaştım, enayi oldum sanırım...
Sorsanız yüzlerce beni seven arkadaşım var; hepsi can hepsi kardeş. Gel desen gelir, canlarını verirler. Neredesiniz lan o zaman! Ben aylardır yalnızım. Koskoca evde gerek yazılarımla gerekse duruşumla avazım çıktığı kadar 'yalnızım' diye bağırıyorum. Bir kişi de kalkıp "neyin var?" diye sormuyor.

İşiniz düşünce arar, "kardeşim şöyle durum var" demeyi bilirsiniz. Ama işinize gelmeyince telefonu kapatır canım sıkkın meşgulüm gibi bir ton yalan söyler, arkanızı döner gidersiniz.

Hepiniz düşmansınız da bana çaktırmıyorsunuz...

Anlayabiliyorum ama sorun değil. Gün gelir devran döner, telefonlarımı açmayanlar aradığımda ahkam kesenler; yarın telefonlarınız açılmazsa o zaman tavırlar içine girmeyin. Şunu unutma arkadaş; senin canın sıkkınsa benim de sıkkın. Senin sorunların varsa benim de var. Ben her zaman maddi manevi yanınızdayken, bir telefon uzağınızdayken her şey tamam ama bana gelince farklı konuşuyorsanız. Yazık!

Neyse, fazla uzatmaya da gerek yok.
Ben kendimi bilir kendimi sayarım. Derdin tasan mı var? Aradığımda meşgul musun? Peki dostum. Peki kardeşim. Peki ağabeyim.
Bundan sonra neyin ne olduğunu yeri ve zamanı gelince konuşuruz.

Dost dediğin her zaman yanında olur. Öyle kuru kuru kimse kimsenin yanında olmaz. Ben ölene kadar yanınızda olurum ama bu ancak benim yanımda olduğunuzu hissettiğimde gerçekleşir.

Eski benden eser kalmadı. Bu yalnızlık beni çok değiştirdi. Üzgünüm, biraz gaddar biraz da acımasız oldum.
Umarım hayatınız güzel geçer.

Beni neden sevmedin diye çok sordum.
Artık “beni iyi ki sevmedin” noktasına geldim.
Çünkü sen, sevsen de giderdin.

Ben gidenleri çoktan uğurladım içimde.
Sadri Alışık'ın da dediği gibi,
Gidenin de,
kalanın da gönlü hoş olsun artık.

Benimle Savaşır mısın?

Bin beş yüz yıldır aynı kitaptan sorumluyuz, hâlâ cehenneme giden var. Gerçekten insanların bu kadar kötü olması ellerinde olan bir şey mi yoksa bilerek mi yapıyorlar? Aranızda yanmayı ya da acı çekmeyi seven var mı? Bile isteye eline çekiçle vurabilir misin? "Dur bir canım yansın da kendime geleyim" diyen var mı aranızda?
Ben cevap vereyim; var!

Evet, herkes acı çekmek istiyor. 'Hadi lan! Ben elime çekiçle mi vururum' diyorsan, evet belki çekiçle eline vurmuyorsun ama kalbini birine verip yüreğine balyozla vurmasına izin veriyorsun.

Peki bu bile bile lades değil de nedir ki?

Hayatımıza birisi giriyorsa gitmek için gelmiyorlar mı? Hangisi yanında kaldı? Eğer şu an bunu okuyorsan ve yanında değer verdiğin birisi varsa lütfen ona sarıl. Ama yanında birisi yoksa bunu iyi düşün.
Yanında gerçekten kim var?

Birbirlerini aşkla sevenlere lafım yok. Asla da olamaz. Siz hep mutlu olun, her zaman ve her daim....
Ama...
Biz yalnızlar olarak şunu merak etmekte haklı değil miyiz? Bize her gelen neden gitti? Neyi eksik yaptık ya da suçumuz neydi?

Suçlu aramaya gerek yok belki de. Finale bakmak lazım. Biri geliyor ve gidiyor, korkuyorlar sanırım. Sevmek, sevilmek, âşık olmak istemiyorlar. Çünkü zamanında belki de sen ve ben gibi âşık oldular. Birileri canlarını yaktı. İnsan bir kere elini sobaya götürse ve yansa, ikinci defa o sobaya elini götürür mü? Götürmez tabi...

Ama ben de şöyle demek istiyorum; arkadaş madem yandın, beni neden yakıyorsun? Tamam, canın yanmış olabilir ve artık yeter diyebilirsin.

O zaman şöyle yapalım; gelme mesela? Hiç gelme!

Madem canın yanıyor bana gelme, beni de yakma. Çünkü ben, yanmaktan, kavrulmaktan, nefes alamamaktan çok sıkıldım.
Sen bana denize açılalım diyorsun. Tamam diyorum. Ama denizin ortasına gelince "kal burada, boğul" diyorsun.
Ben artık yarım kalarak boğulmak istemiyorum. Madem denize açıldık, savaşalım derin dalgalarla.
Sen bana yeter ki savaşalım de...
Ben seninle o denizde boğulmaya razıyım.

Benimle bu aşk için savaş. Ben seninle olayım yeter. Unutma, dünyada üstesinden gelemeyeceğimiz tek şey var; ölüm... Ölüm var be!
Bırak da ölüm bizi ayırana kadar beraber olalım. Bizi o ayırsın.
Hem o zaman ne sen suçlu olursun ne de ben...
Ölümü suçlarız...
O ayırdı bizi deriz...
Herkes masum kalır...
Benimle savaşır mısın?

Mutsuzlar Kulübü.

Umutsuzluğun son damlasındayım. Ne yere düşebiliyorum ne de gökyüzüne çıkabiliyorum. Hayal ediyorum, o da sadece mutlu olduğum günleri...

Bir zamanlar çok içten gülerdim ben. Hani karşındaki insan güler, o güldüğünde sen de gülersin ya... İşte ben gülünce herkes de benimle beraber gülerdi. Şimdi ben gülmüyorum ya, sanki etrafımdaki kimse gülmüyor. İnsanlık olarak sanki gülmeyi bıraktık. Gülmeme ve mutsuzluk hastalığına yakalandık. Aslında korona falan yok, mutsuzluk var.
Ve sanırım bu mutsuzlar kulübünün başkanı da benim.

İlk önce sormak istediğim sevgili mutsuzlar; nasılsınız?

Beni sorarsanız ben fazlasıyla mutsuz, yalnız, yarım kalmış biri olarak karşınızdayım.

Hani yarım bıraktılar ya bizi, ben de diğer yarıma sarıldım. Çünkü şunu öğrendim; aslında seninle ben izin vermişiz bizi üzmelerine. Ben izin verdikçe de mahvetmiş beni. Ortada öylece bir başıma kalmışım. Kendi cehennemimi kendim yaratmışım. Bence suçu artık onlarda aramayalım. Kendimizde arayalım.

Neden mi?

Ne gerek vardı bu kadar sevmeye? Kimi, ne için bu kadar sevdik? Bize para mı verdi? Aş mı verdi? Ev mi verdi? Ne verdi de biz bu insanları bu kadar yürekten sevebildik? Neden? Neden sevdim?

Hiçbir sorunun cevabı olmadan yarım kaldık. Çünkü biz onları çok severken onlar yüzümüze dahi bakmadılar. Şimdi sana tekrar sevebilirsin, âşık ol ve bunun tadını çıkar gibi zırvaları söylemeyeceğim.

Sevme dostum, sevme arkadaşım, sevme kardeşim, sevme...

İnsan sevince üzülüyor ve ben sevdiklerimin üzülmesini istemiyorum. Artık başımı ne tarafa çevirsem benim gibi mutsuz ve kırılmış insanlar var.

Bu dünya nasıl bir dünya biliyor musun? Ağaç olsan gelip yakarlar sönmene de izin vermezler, ta ki kuruyup kül olana kadar...
Sen de yanıyorsun benim gibi farkındayım. Ama elbet biz kül olduktan sonra rahatlayacaklar.
Sırf onlar rahatlasın diye yanıyorum.
Yüreğim yarım, kalbim taş, canıma susayarak, öylece...

Umutsuzluk kalbimi sardı, özür dilerim...

Tükendim.

Herkese güçlü olmayı öğrettim, ayakta durmayı öğrettim, unutmayı öğrettim. Ama kendimi unuttum. Hayatta birçok insan için kendimi harcadım mı? Harcadım. Sonuç ne mi oldu? Bomboş.

Hani böyle yutkunamaz ağlamak istersin ya... Ne yutkunabiliyorum ne de ağlayabiliyorum. Kendini unutmuş bir şekilde karanlığın ortasında oturmuş sessizliği dinliyorum. Sanırım yıllar sonra tek istediğim şey âşık olmak... Birini sevip sevilmek istiyorum. Suç mu? Bilmiyorum.

Yıllardır hayatıma birçok kişi girdi ama itiraf etmek gerekirse hiçbirini sevmedim. Peki zorladım mı? Evet!

Seveyim istedim, bak iyi bir insandır dedim, sevebilirsin kaçırma bu insanı dedim ama yok... Hiçbirini ne sevebildim ne sarılabildim ne de başka bir şey... Bazen insan kendinden bıkar ya, işte öyle kendimden bıktım. Mesela arkadaşlarım geliyor, onlara sahte maskeler takıp gülümsüyorum beni güçsüz görmemeleri için.

Fakat çok üzülüyorum be abi! Gerçekten yarıda kalmış gibi hissediyorum. Gitmek istiyorum da nereye gideceğimi bilmiyorum. İnsan gidip kafa dağıtır değil mi? Ne kafam var ne de dağıtacak bir kendim...

Zaten dağılmışım daha ne kadar dağılabilirim ki? Korkuyorum. Biraz daha dağılırsam sanki toplayamayacak gibiyim. Çünkü artık o umudu kestim. Biri gelecek ve beni toplayacak falan... Bunlardan umudu kestim.
Her şey aşk mı? Değil be!
Bir dayanacak omuz, bir ağlayacak kucak yoksa ne boka geldik bu dünyaya? Ailem var da hangi aile aşktan anlamış bu zamana kadar? Herkes "geçer" deyip arkasını dönüyor.

Siz geçer dediğinizde geçiyor mu zannediyorsunuz? Siz geçer dedikçe ben içimden daha çok üzülüyorum kimse farkında değil. Hiçbir şey geçmiyor. Geçmesi için bir insan, bir kalp ve bir ben gerek. Bir ben yoksa zaten kalbimde yok demektir. Kalbin yoksa da kimse sana bakmaz. Bakmıyor da... Bu yüzden bu karanlık odada bugün sadece kendime bakıyorum.
Gitmek istiyorum ama gidemiyorum.
Kalmak istesem diye bir şey yok, kalmak zorundayım. Çünkü sorumluluklar bunu gerektirir.

Hey sen! Gelecekte olacak o insan!
Neredeysen çık gel. Ben artık tükeniyorum.

Yirmi Üç Yaşında Büyüdüm.

Ben yalnızlıkla yirmi üç yaşında tanıştım. Annem öldüğünde tam tamına yirmi üçtüm. Hayatla da o zaman tanıştım diyebilirim. Ama annemin ölümü beni çok değiştirdi. Şu an otuz bir yaşındayım ama sanki o gün otuz bir oldum, büyüdüm bir anda. Sorumluluklar, güçlü durma çabaları, ağladığını kimseye göstermeme telaşı...

Ben o gün büyüdüm. Ve sanki hala o yaştayım. Ne sabrım var ne güvenim ne sevgim var ne de sevenim. Sekiz yıldır birini hiç sevmedim. Hiç âşık olmadım. Hiç doğru düzgün bir uyku uyumadım. İnsanlar dışarıdan bakınca "ne güçlü adam" diyorlar. Size bir şey itiraf edeyim mi, sekiz sene önce yenildim ve ondan sonra hiç kazanmadım. O gün o saniye orada kaybettim. Miladım oldu desem yeridir.

Duygularımı kaybettiğimden beri kim hayatıma girse "sen de gideceksin" gözüyle baktım. Ne kendimi bağladım ne sevdim ne de onun bana bağlanmasına izin verdim.

Eğer bir insan benden ayrılmak istiyorsa galiba dünyanın en kolay ayrılığı olur. Bana "bitti" der ve biter. Ne bir telefon ne başka bir şey ne de bir mesaj rahatsız etmem. Hiç etmem hem de.
Bir kayıpla, kimseye bağlanmaması gerektiğini öğrenir insan...

Ben hayatımda rahat yaşadım ve şükür hâlâ rahatım. Fakat hayat olarak örneğin, ben hiç yatakta yatmadım. Hiç yatağım olmadı, hep koltuklarda yatarım. Arada hayatıma giren insanların evlerine gittiğim zaman "ben sıcağa gelemem sen tek yat, ben koltukta yatarım" diyorum. Aslında yalan söylüyorum.

Ben yatakta yatmayı bilmem. Ben huzurlu yirmi dört saat geçirmeyi bilmem. Ben bir insana güzel cümleler kurmayı bilmem. Ben gece kulübü bilmem. Ben mesela hayatımda hiç maça gitmedim.

Bu gerçek...

Şayet bir gün bir kadına âşık olabilirsem onunla gideceğim diyorum. Neden maça gitmedim? Param vardı, dostum arkadaşım da vardı... Ne bileyim, herkesin ilk maçı babasıyladır... Beni babam hiç götürmedi ben de ondan başkasıyla gitmek istemedim. O hayal de öyle kaldı.

Şimdi neden sevgilim, âşık olduğum insandır diyorum? Çünkü bu yaştan sonra o insan benim evleneceğim insandır.
Beni yeni baştan bir şeylere inandıracak. Belki de yatakta yanında huzurla uyuyacağım insandır diye böyle diyorum.

Evleneceğim kadına çok şey sakladım. Onunla özel olsun istedim. Çünkü ben ailemden öyle gördüm. Altmış yıl beraberlerdi, her şeyi beraber yaptılar ve ben altmış yıl boyunca evde kavga kıyamet hatta "lan" kelimesi duymadım.

İnsan, hayatına girecek olan insana bir şeyler saklamalı.
Eğer doğru insansa, gözlerine baktığında "gerçekten bu insan benim" diyebiliyorsan, bu hayatta neyi eksik yaşadıysan onunla yapmalısın.

Ben en çok neyi hayal ettim biliyor musunuz? Eski model bir pikap alıp onunla göl kenarına gitmek, ateş yakıp eğlenmek, şarkı dinlemek ve orada yıldızları seyretmek... Bunu yapabilir miyim bilmiyorum. Doğrusu şu anda bir pikabım bile yok ama hayat şunu öğretti; yirmi üç yaşında büyüdün ve orada kaldın. Yirmi üçünden sonra aklına gelebilecek her şeyi yapabilecek güce ulaştın. Gün gelir her şeyi yaparım, o yıldızları seyreder, o yatakta uyur, o maça giderim.

Sonra "bu da mı gol değil" dediğimde, sevdiğim "gol" der...
Size soruyorum şimdilik, "bu da mı gol değil?"

Yasemen.

Seni görmenin bir yolu var mı? Çünkü artık bana fotoğraflar yetmiyor. Mesela arada rüyama giriyorsun. Bunu sürekli yapabilir miyiz? Yarım bıraktın bari rüyama gel. Çünkü seni çok özledim. Ve her gün seni seyretmekten yoruldum. Kendime çok sinir olmaya başladım. Yastığını yanıma alıyorum, sırf sen kokuyor diye. Ama artık koku gitmeye başladı, korkuyorum... Yastığa bir şey olacak diye değil; senin kokun gidecek diye korkuyorum. Evin her yeri sen, nereye baksam sen. Ama artık dayanma gücüm azaldı.

İlk zamanlar tutuyordum kendimi, "arama, bakma" diyordum. Şimdi ne yazdı, internette ne paylaştı; bir şarkı çalıyorsun acaba bana mı çaldı demekten beynimi zorluyorum.
Beni kabul etmediğini asla kabul etmiyorum. "Olmaz" diyorum, vardır bir bildiği de gitmiştir, elbet geri gelecektir.

Yani diyordum...
Çünkü şimdi artık ne kokun kaldı ne güzel bir umut ne de bir beklenti.

Kendi kendime bakıyorum ne seni görebiliyorum ne de başka bir şey... Şunun da farkına vardım; artık evi de değiştirmeye başladım. Yani artık seni bana hatırlatacak bir şey de kalmayacak. Kendime şunu demeye korkuyorum; "yarım kalışlarını kabul edip başkasıyla tam olabilir miyim?"

Bu seni aldatmak değil mi? Doğrusu sen gideli on koca yıl oldu. Fakat ben kendi annemde gördüm aldatılmanın ne demek olduğunu. Bir kadının aldatılınca ne hale gelebileceğini kendi annemde gördüm.

Ben başkasını seversem sen üzülmez misin?
Aldatmak sayılmaz mı?
Ben bundan korkmaya başladım.
Artık eskisi gibi neşem yok, mutsuzum evet. Ben mutsuzum ama senin keyfin yerinde galiba...

Son altı aydır sabahları eve günaydın demiyorum. Boş eve artık günaydın demenin anlamsız olduğunu fark ettim. Artık sen ne paylaştın diye bakmıyorum. Kesin sevgilin bile vardır.
Eskiden olsa mahvolurdum.
Kendi kendime bazen tek soru soruyorum:

"Şimdi kim dokunuyor sana?"

Bu soru o kadar ağır geliyor ki bazen taşıyamıyorum. Hatırlıyor musun, bir gün sana "sende var mıyım" demiştim.
Sen de "varsın" demiştin.
Meğerse yokmuşum...

Şu an ne mi yapıyorum? Sensiz bir şekilde kahvaltı yapıyorum. Galiba uzun bir aradan sonra temizlik yapacağım. Ve sana inat eve papatya alacağım. Mesela onu da fark ettim, papatyaların suçu yok, suçlu sensin.
Papatyalar masum...

Boş verdim her şeyi... Önüme ne geliyorsa yaşıyor, papatyaları seviyor, arada radyo dinliyorum. Hatırlıyor musun, eskiden senle beni anlatan bir şarkı uzun zamandır çalmıyor. Yani sen de bir gün beklersen bir radyo başında, bekleme, çalmıyorlar.

Seninle çok kavga ettik ve kavgalarımız Oscar aldı.
Güzeldin güzel...
Seni sevmek güzeldi...
Ben en iyisi şimdi senin yerine bizim şarkımızı kendim açıp dinleyeyim. Eğer bir yerlerdeysen ve nefes alıyorsan,
papatya yerine yasemenlere bak benim için...

Seni Sevmenin Bir Başka Yöntemi.

Seni sevmenin yeni bir yöntemini buldum; senden uzak durmak. Çünkü senin ile olursam canım acıyor. Gerçi ben istesem de sen hayatında beni istemiyorsun. O da başka bir mevzu ama anla işte...

Kendi kendime şunun farkına vardım; madem yarım kaldım, ben de diğer yarımı severim. Sensizim ama bu seni sevmekten vazgeçeceğim anlamına gelmez. Dünyadaki hiç kimse beni senden vazgeçiremez.

Bir de şunun farkına vardım; bir gün geri dönersin diye evim tertemiz. Bir gün ararsın diye faturamı düzenli yatırıyorum. Bir gün gelip sarılırsın diye her gün duş alıyorum. Yani anlasana, senin sevgin beni çok güzel biri yaptı. Olamaz mı? Olur bence... Ve oldu da...

Ne zaman seni düşünsem gidip kendime bakıyorum, diyet yapıyorum, küfür ediyorsam susuyorum, kızgınsam kendimi sakinleştirmeye çalışıyorum.

Neden mi yapıyorum?

Çünkü seni seviyorum. Evet, yarım kalmış olabilirim ama diğer yarım hala ben de... Her şeyimi alıp gitmedin, gidemedin. Kendini alıp gitmiş olabilirsin ama hayallerimi alıp gidemezsin. Onlar beni ayakta tutan tek şey.

Seni düşünüp iyi insan oluyorum; sokakta bir çocuk görünce artık merhamet ve sevgiyle bakıyorum. Çünkü o çocuk belki bizim olabilirdi ve belki de bana baba diyebilirdi.
Der miydi?
Derdi be!
Ve benden çok güzel baba olurdu, bundan eminim.
Peki ne oldu?
Olmadı.
Olmadıysa da canın sağ olsun sevgilim...

Senin sevgin beni iyi bir insan yaptı, sırf bunun için bile teşekkür ederim. Sen bir şey kaybettin mi bilmiyorum ama eğer bir gün birini seversem senden sonra, onu senden daha çok seveceğim. Şu halimden daha güzel ve daha iyi bir adam olacağım.

Belki sadece kaybettiğin benim sevgim olabilir ama bu zaten senin umurunda değil. Aslında çok kötü bir durum değil. Ben sensiz şu an iyiyim, seni seviyorum, evet hâlâ seni seviyorum! Ve bunu söylerken kendimle gurur duyuyorum. 'Helal' diyorum, dünyadaki en güzel şeyi yapıyorsun.

Seviyorsun!

Sev ulan sev! Son nefesine kadar sev. Bugün sen hak ediyorsun bu sevgiyi, yarın sürpriz birisi çıkıp hak eder ve ben onu severim. Hem de senden daha çok, daha candan severim.
Sen kahrını çekersin sefasını onlar.

Sana şunu söyleyebilirim, benim seni sevdiğim kadar biri seni severse dünyada benden mutlusu yok. Umarım mutlu olursun. Herkes sevgilisi gidince kötü olmasını ister, ben çok güzel ol istiyorum. Çünkü seni ilerde kimse tarafından sevilmeyen biri olarak görmek istemem.

Umarım seni benim sevdiğim kadar severler. O boşluğa düşmeni istemem. Bende tattığın sevginin yeri boş kalsın istemem. Ben o boşluğu tattım, bir yanımı o boşluktan çekip çıkaramadım. Sen yaşama, sen yarım kalma.

Tekrar ediyorum; ben de senden sonra karşıma çıkan, hayatıma giren o özel insanı senden daha çok seveceğim ve bir daha hiç eksilmeyeceğim.
SÖZ!

Ay'a Gidelim.

Birinden hoşlanırsın ve senden çok hoşlanmaz, hatta bir de "ya sen bana ne kadar çok yazıyorsun" der ya... Ulan dünya, kırdın yine kalbimizi! Neden benim istediğim herkes bana hayır diyor da istemediğim kim varsa hepsi bana geliyor?

Ey dünya, şu kurallarını değiştir artık. Bırak da herkes istediğiyle olsun. Vallahi bu böyle olmaz! Herkes mutsuz, herkes umutsuz... Bırak da millet sevdiğiyle olsun. Şu "istemem yan cebime koy" özelliğinde gel anlaşalım seninle, kapatalım bu konuyu.

Kurallar değişsin...

Birinci kural şu; seven sevdiğiyle olsun. Kimse kimseye yalan söylemesin. Şu ayrılık meseleleri falan kapansın artık bu dava. Bak binlerce, belki yüz binlerce insan sadece aşk acısından çok fazla sigara içiyor. Hem sen kirlenmemiş olursun; yere ne izmarit düşer ne de oksijen azalır, hava kirlenir. Hem de senin açından iyi. Yoksa senin de benim de halimiz hiç iç açıcı değil.

Tabi sen buldun eşini, ay etrafında dönüyor.

Biz? Bize kimse bakmıyor. Bak sevgi harika bir şey, bunu en baştan beri biliyoruz. Bu aşk işleri için kaç savaş çıktı bunu konuştuk... Zaten şu kahpe hayata biraz gülelim, eğlenelim, öğrenelim diye geldik, bu kadar dert keder neden? Neden hep bize? Bırak da âşık olalım âşık...
Mutlu olalım; hep bana hep bana olmaz. Bak ne güzel nehirlerin, sahillerin var. Oraya güzel insanlar gidip dertleniyor. Bir de öyle güzel batıyor ki güneş... İnsan istiyor ki aklındaki yanında

olsun. İnsanın aklındaki yanında olmadığında ne anlamı kalır değil mi? Keşke yanında olsa, sarılsa, güzel bir rüzgâr esse, bir bankın üzerinde ellerinde çayları ya da artık ne isterlerse güzel zaman geçirseler...

Sen, "benim mi suçum?" diye soruyorsun; ben ise "suçun değil elbette ama izin ver artık," diyorum, "izin ver mutlu olalım."

Herkes düşman, herkesin içi nefret dolu. Kimse mutlu değil. Sevgiliye bir çiçek vermek çok mu?
Bir insan mutlu olunca onu gözlerinde görmen gerek. Sen diyorsun ya güneş çok güzel diye; sen onun gözlerini görsen güneşten parlak dersin... Güneş görse kıskanır. Önemli olan mutlu olmak mutlu edebilmek, bana güven...

Gel hayal kuralım. Diyelim ki; herkes mutlu, seven sevdiğiyle beraber ve hiçbir sorun yok...
Düşüncesi bile mucize gibi değil mi?

Kimse şunun farkında değil; bu dünyada doğduk büyüdük yaşlanıyoruz da... Ulan senin doğumun mucize zaten, sen yoktan var oldun! Yoktan var olmaya tamam diyorsun da, sevenin sevdiğiyle olması mı imkansız oluyor?

Ben inanıyorum, seven sevdiğiyle olacak bir gün. Birlikte yeni gün batımları kutlayacağız. Beraber balık tutup saatlerce güleceğiz. Bana deseniz ki sevdiğin, âşık olduğun kadın Ay'da, gider misin? Emin olun varsa bir imkân "hadi gidelim Ay'a" derim. Evet, ailemiz önemli ama onlar da bir zaman sonra senin aile kurmanı istiyor.

Biz en iyisi Ay'a gidelim. Çünkü baksanıza, dünya bize izin vermeyecek gibi...

Bırak, Ne Hali Varsa Görsün.

Bir insana kendini zorla sevdirebilir misin? Tutup kolundan "beni seveceksin" diyebilir misin? Yani sen dersin de o seni sever mi? Sevmez bence...

Peki sokak lambaları neden bu kadar az aydınlatıyor?
Ya da benim nefesim neden bu kadar daralmaya başladı?

Hayat bir çember gibi daralırken aslan gibi içinden atla diyorlar. Çemberin etrafını alevle yakıyorlar ve bunun adına da aşk diyorlar. Aşk, can acıtır mı lan! Aşkın ne zaman can acıttığı görülmüş? Kitaplarda, destanlarda aşkı hep güzel anlatıyorlar. Madem bu kadar güzel bu aşk denen şey, benim neden bu kadar canımı yakıyor?

Benimle bir zoru mu var yoksa sizin de canınız yanıyor mu? Böyle mi olur hep? İnsan sevdiği kadar yanar mı?

Hiç değilse mutlu son olsun. Hadi acı çekelim filmlerdeki gibi; kavgalar, dövüşler, savaşlar olsun. Ama sonunda aşk kazansın. Ben orada süper kahramansam, süper kahramanları filmin sonunda öpüyorlar. Ağlayan süper kahraman mı olur? Eğer olursa da o filmi ben izlemem, hiç kimse izlemez. Ama sanki bana zorla izlettiriyorlar. Bırak izletmeyi bana orada rol bile veriyorlar. Tüm dünyamı benden alıp ortada bırakıyorlar.

Ben artık bu filmde ne oynamak istiyorum ne de izlemek.

Ben bu olayı çaya benzetiyorum. Ömrümde çayı şekersiz içemedim, çünkü garip bir tadı var. İnsanlar da çok seviyor. Bir gün denedim. Tüm gün çayı şekersiz içmeyi denedim ve çayın gerçek tadını aldım. Bu kadar kötü bir şeyi insan kendine nasıl yapabilir yani? Tıpkı aşk gibi...

Canın yanıyor, sevmiyorsun ve inadına içiyorsun. İnadına her gün, her saat, kahvaltı, yemek dinlemeden ne zaman olursa içiyorsun.

Peki biz bunu kendimize neden yapıyoruz?
Neden canımızı yakmalarına izin veriyoruz?

Mesela düşünüyorum da sokakta birisi bana küfür etse kavga ederiz ama sevgilin sana küfür edince susuyorsun. Mesela kalkıp yanlışlıkla sokakta biriyle çarpışınca karşındaki özür dilese bile "önüne baksana" diyoruz bazen değil mi?
Şimdi ben de size aynısını diyorum!
Önüne baksana be kardeşim!
Sevmiyor ulan işte!
Sana küfür ediyorsa git ondan, terk et orayı!
Sana hele ki elini kaldırıyorsa hızla uzaklaş, bırak!
Bırak, ne hali varsa görsün...

ÖNÜNE BAK ÖNÜNE!

Daha çok gençsin. Neler yaşar, kimi tanır, kimleri seversin...
Ona mı kaldın?

Artık yoluna devam etmen gerek. Artık güçlü olup hayata kocaman bir s*ktir çekmen gerek. Yani önüne bakman gerek bir tanem. Biliyorum, hayat zor ve bazen alışkanlıklarımızdan vazgeçemiyoruz. Evet, çok seviyorsun, kıyamıyorsun ama artık önüne bak. Hayat bu şekilde geçmez. Sadece kendini üzer, kendini yıpratırsın.

Ben senin her zaman yanında olacağım.
Aşk acıdır, bu gerçeği biliyorduk, canımızın yanacağını biliyorduk. Bile bile yandık, piştik. Artık önümüze bakma vakti. Değer görmeye layık sevgimizi, hak edenlere verme vakti.

Şairin de dediği gibi; "Kimi sevdiysem karanlıklar götürdü. Seni onlara kaptırmam. Tek kişilik din yarattım. Ellere taptırmam."

Böyle bir aşkı bul ve sonsuz ol.
Bu senin hakkın.

Bitti diye bitirme kendini.
Bir şeyler bitmeden daha iyileri başlayamaz,

bunu hatırla.

Her gece sabaha döndü,
her karanlığın sonu aydınlığa çıktı.
Yine çıkar.

İnan.

Yalnız Adam.

Ben bir evde on üç yıl kaldım. Orada ilk şarkımı yazdım. İlk aşk acımı orada çektim. Annem o evde öldü. Bir ev düşünün her santiminde bir anı, her karesinde bir acı var...
Mutluluk yok mu?
Var tabi ki, hem de birçok mutluluk...

En çok neyi özledim biliyor musun, penceremi ve orada insanlara anlattığım gerçekleri.

Ben orada büyüdüm ve sonunda taşınmak zorunda kaldım. Çünkü ev sahibimiz o standart "yurtdışından oğlum gelecek, on üç yıldır buradasınız, çıkın artık" yalanıyla kapımıza geldi. Biz de çıkmak zorunda kaldık. Yani biz çıktık ama ben orada kaldım. Şu an yeni bir eve taşındım. Ve bu evim o eski evimden galiba elli kat daha güzel. Yine de özlüyor insan, elinde olmuyor bazen.

İnsan sevinir değil mi? Yıllar sonra kurtuldun o eski evden der. Fakat ben diyemem. Sanki hala orada oturuyorum da şu anda misafir evinde gibiyim. Akşam olduğunda "hadi evime gideyim artık" diyorum ama bir yere kıpırdayamıyorum.

Geçen gün sahile yürüyüş yapmaya gittim. Kulağımda kulaklıkla yürüdüm ve insanları seyrettim. Denize girenler, şarkı söyleyenler, el ele oturanlar ne ararsanız, mutlusundan mutsuzuna, her duyguda insan herkes oradaydı. Motoruma binip geri döndüm. Eve geldiğimde anahtarı çevirdim ama kapı açılmadı. İnsanlık ya, eski eve gitmişim. Bir de saf gibi camlara bakıyorum kimse yok mu evde diye...

Evet kimse yok!

Ne yalan söyleyeyim çok utandım. Çok da korktum, çünkü birisi taşınmış olsa ne diyecektim? Adama deli derler.

Sanırım ben alışkanlıklarımdan kopamıyorum. Ne evimden vazgeçebiliyorum ne sevdiğim insandan, ne de yazmaktan. İnsanın kendisini oluşturan parçalarından kopması can yakıyor. En ufak bir anı, en ufak bir duygu, belki önemsiz bir yer bile olsa uzaklaşmak istemiyor onlardan.

Tatlı bir tebessümle yeni evime geldim sonra. Bizim eski evimiz şöyleydi; eve girersiniz, sol girişte mutfak, bir oda, sonra babaannemin odası, tam karşısında salon olarak devam eder. Çocukken eve girer girmez annemi kontrol ederdim. Çünkü eve geç dönerdim, çarşafın hareket edip etmediğine bakardım. Nefes alıp almadığını kontrol ederim. Annem öldükten sonra babam geçti o odaya. Devamında ben de onu kontrol etmeye başladım. Şans ya, yeni evimin dizaynı birebir aynı.

Şimdi o odaya denk gelen odada ben yatıyorum.
Her eve girdiğimde artık kontrol edecek birisi yok. Çünkü babam arka odada kaldı.

Hayat ne garip, dünya ne garip. Artık elimden sevdiklerimi kontrol etme alışkanlığımı bile çaldılar diye düşünüyorum. Saçma ama öyle...

Ben de böyle bir adamım işte...

Yakından tanısanız sever misiniz bilmem. Genelde yakından tanıyanlar hayatımdan bir on yılımı alıyorlar, terk ediyorlar. Bana da kalıntıları kalıyor. Ama o evde geçirdiğim on üç yıl için şunu söyleyebilirim; ne güzel bir hayat yaşadım...
Zor bir hayat yaşadım... İyi bir sevgili olmamış olabilirim ya da iyi bir evlat...
Ama o evde adam oldum ben.
Hiç değilse kendime adam oldum diyebiliyorum.

Yalnız adam...

Az Bile!

Hayat ne garip; sen tanış, sev, gözünden sakın, ailen karşı gelsin onlara bile kafa tut... Sonra? Sonra bir mesajla hayatından çıksın gitsin. Öyle uzun mesajlar da değil. Artık "seni sevmiyorum, bitti" ya da "sen daha iyisine layıksın" gibi bir geçiştirmeyle hayatından çıkarsın seni. Öylesine yazmış gibi. Senin tonla anlam yüklediğin her şey öylesine yaşanmış gibi.
Ne güzel dünya be...
Helal olsun!

Baksana emeklerimiz meyve vermeye başladı. Hadi bu hayatımıza giren insan böyleydi, peki diğerleri de mi böyle?
Kime güveneceğiz biz? Alnında "bu kadına yaklaşma" ya da "bu adam aldatır, bak seni üzer" yazmıyor... Bir uyarı levhası yok insanların üzerinde. Nereye kadar gideceğini, nerede duracağını, nereden U dönüşü yapacağını bilemiyor insan. İçinden geldiği gibi ilerliyor ve kaza kaçınılmaz oluyor.
Kime inanacağız?
Kim "seni seviyorum" dediği zaman hemen kabul edeceğiz?
Sonuç olarak bu insanların bir tuşu yok ya da ben yanımda yalan makinesi taşımıyorum. İnsanlar bir cümle kuruyor biz de inanıyoruz. Ne yapalım? Polisi mi arayalım? Ya da dua edip uykuya mı dalalım?

Neden bize hiç düzgün insan gelmiyor? Sokaklara baktığım zaman ya da internette gezerken muhteşem aşklar, muhteşem ilişkiler görüyorum. Bir kabile mi var, onlara mı katılmak gerekiyor anlamadım ki... Nerede insanların hayatlarıyla oynayan insanlar var, nerede kalplerinde bir gram sevgi taşımayan insan var hepsi beni buldu. Bu bir kader mi yoksa yalnızca benim mi kaderim kötü?

Ben bunu çekmek zorunda mıyım? Ya da şöyle sormalı; kaderimde düzgün insan var mı?

Hadi diyelim yok, peki bu kadar aşk cümlelerini kim kuruyor?
İnsan yaşamadan, hissetmeden sevgiyi nasıl anlatır? Demek ki birileri hissetti, yaşadı ve aşkı yazdı. Biz de okuyabildik.
Demek ki bazen şans var... Ve şans insanın yüzüne gülebiliyor...

Bir zamanlar şans benim de yüzüme güldü. Dünyadaki tüm insanları reddettim ve sadece ona inandım, onu sevdim, ona sarıldım.

Öyle bir yüze gülmek ki hayatımdan tam on yılımı aldı. Kadıköy'de Rexx sinemasının önünde âşık oldum. Hayatımın on yılını benden çaldı. Sanırım sırf bu yüzden Kadıköy'e giderim ve bir on yılım daha gider diye korkuyorum.

Ben çiçek sevmezdim ama ona baktığımda papatya gördüm.
İnsan bir çiçeğe âşık olabilir mi? Oluyor işte...
Biliyor musunuz hiç mutlu etmedi, hiç sevmedi, hiç içinden gelerek seni özledim demedi.
Ne şans ama...
Ne güldü ama...
Güldü, hatta kahkaha attı...

Sanırım kader o gün benimle dalga geçti ama şakası bir on yılımı aldı. Bir sabah uyandığımda ne kendimi, ne onu, ne de papatyaları seviyordum. Ona âşık olmam bir saniye, kalbimden atmam on yılımı aldı.

Şimdi nerede bilmiyorum. Mutlu mu bilmiyorum. Birini sevebildi mi bilmiyorum. Tek bildiğim şey hakkımın ona helal olması. Bu kadar acı çektin; insanlar seni yaraladı, kırdı, yalan söyledi, tek başlına bıraktı.
Değer mi?
On yılına...
Hislerine...
Duygularına...
Senden gidenlere...

Artık bana "değer mi" diye sorduklarında cevabım belli:
Az bile...

Güçlü Olmak Zorundayım.

Ben sokakta büyüdüm. Her şeyi yaptım. Bir zamanlar benim ailem sokaktı... Evdekilere güvenmez sokaktaki arkadaşlarıma güvenirdim. Bazen de eve hiç gitmek istemezdim, çünkü babam hep döverdi. Derslerden kalırdım döverdi, çayının limonu eksik olurdu döverdi, evde sessiz dururdum döverdi. Kısacası beni dövmesi için hep bir sebep vardı ve ben dayakla büyüdüm.

Bu yüzden aslında baba olmaktan çok korkuyorum. Sinirim ona çekmiş, gözlerim kapandı mı hiçbir şeyi görmem. Sırf bu yüzden bazen evlilik fikri beynimin ucunda dahi olsa "dur" diyorum kendime. Birini kendimden çok sevebilirim ama evlenemem. Bazı korkuları aşmak uzun zamanlar alır bilirsin, koca bir hayatla kavga edersi nama bir tek korkuyu yenemezsin.
Ya çocuğum olursa?
Ya bir aptallık edip ona bir tokat atarsam.
Dünya tersine bile dönse kendimi affetmem böyle bir durumda.

Fakat onların bana yapmadığı şeyleri de düşünüyorum. Ne bunlar?

Mesela ne olursa olsun çocuk fikrini ya da ulaşılmaz da olsa bir miktar parayı kafaya koydum; diyelim ki iki milyon Türk lirası. Bunu bankaya atarsın ve sana faizi otuz beş bin lira civarında gelir. Sonra da evlenirsin... Diyelim ki evladının müjdeli haberi geldi. Bir evladım olacak kız veya erkek fark etmez. O dakikadan sonra yirmi beş bin lira harcarım. On bini onun için biriktiririm ve evladım yirmi yaşına geldiğinde iki milyon lirası olur. Komik bir hayal değil mi? Bence de... Ama size bir sır vereyim mi, ben ömrüm boyunca bir şeyi önce hayal ettim sonra da gerçekleştirdim...

Yani bunu da yapacağım. Hayatta her şey para değil, bunu basit bir örnek olarak dile getirdim, ama paranın çözümleri ve kolaylıkları var. Mesela benim evladım olursa bir gün asla ona parasızlık göstermeyeceğim. Kimseye muhtaç olmayacak. O benim gibi sokaklarda büyümeyecek. Kimse onu üzemeyecek. Bir fiske dahi vuramayacak. Kendim de buna dahil...

Bir hayalim daha var; ben zor okudum, kendim çalıştım kendim okudum. Sokaklarda büyüdüm dedim ya, güzel esnaftım yani...
Sonra ne mi yaptım?
Bu hayalleri kurdum. Geçelim diğer hayalime. Ben bir yazarım, her gün daha da iyi bir yazar olmaya çalışıyorum.

Bir gün bana o evladı verecek kadınla tanıştığımda bu param cebimde olursa ona şunu diyeceğim; "hayatım gözlerini kapat. Haritada bir yer seç. Koy parmağını, sonra da bir köy seç. Oradaki muhtara ulaşın ve kaç çocuk olduğunu öğrenin. Orada kaç tane çocuk varsa mont, eldiven, ayakkabı, kalem, silgi gücüm yettiği kadar karşılayacağım."
Peki ne ile?
Bundan sonra yazdığım kitaplarla mesela.
Tüm geliri o andan itibaren çocukların olacak.

Her zaman dediğim gibi ben bu hayatı yuva kurup aşkı yaşamaya değil, aşkı insanlara anlatmaya, insanların söyleyemediklerini söylemeye geldim. Yalnızlık en çok bana yakışır. Eğer siz de kendinizi yalnız hissediyorsanız ben her zaman yanınızda olacağım. Hayallerime ulaşmak için elimden geleni yapacağım.

Güçlü olmak zorundayım. Hayallerimin gerçek olması için çabalamak zorundayım. Şimdi sen de benim gibi bir hayal kur, sayısı fark etmez. Ve onun için elinden geleni yap, hiç de durma.

Çünkü senle ben aynıyız...

Olmayınca olmaz. Zorlayınca hiç olmaz.
Vazgeçmeyi bil.
Bazen yeni başlangıçlar için önce vazgeçmek gerekir.

Kendi başına her şeyin çaresine
bakmayı öğrenmiş birini,
yokluğunuzla korkutamazsınız.

Benim Hâlâ Umudum Var.

Ne kadar yalancılar değil mi? Seni hiç terk etmeyeceğim, hayat bizi ayırana kadar falan filan... Bırak arkadaş, daha bana gülümsemenden belli beni sevmediğin. İnsan sevmediği yemeği yemiyor! Nasıl başarabiliyorsunuz, garip... Ama içini ferah tut, bir bilen bir duyan var.
Kim mi?
Allah...

Ne güzel yaratmış seni, beni, en fazla da onu... O seni sevmese de olur, sen onu o kadar seversin ki konuşmasa da olur. Öylece otursun o, bir şey yapmasın, ben izleyeyim doya doya diyorsun değil mi? Ben de çok dedim öyle. Bütün hayatımı, düşlerimi, onun etrafında kurdum.
Sonra baktım ki manzaramda güneş battı, ne rüzgâr esiyor ne serinlik var ne de gökyüzünde yıldız... Öyle boş bir karanlık... Bari ben ışık olayım dersin; bari ben güldüreyim konuşturayım dersin. Canım sıkkın git başımdan der... Tuzla buz olur bütün niyetlerin, kendine kalırsın.

Size dediler mi bilmiyorum da bana dediler. Ben de gittim ama geriye dönmedim. Bu şekilde bitirdiğim yüzlerce ilişkim oldu. Benim gibi daldan dala atlamayın ama, bunu sakın yapmayın... Bir süre sonra hepsi, tüm insanlar aynı gelmeye, aynı kokmaya başlıyor. Seni seviyorum deyince, "evet, evet haklısın" demeye başlıyorsun. Yahut seni seviyorum denilince insanın içinden "afiyet olsun" demek geliyor.

Bu nasıl başlıyor? Şöyle:

Birini seviyorsun, ona kendini tanıtıyorsun, anlatıyorsun, sevmediğin huyları varsa düzeltiyorsun ya da o söylüyor sen düzeliyorsun, günler ayları getiriyor, hayaller kurmaya başlıyorsunuz. Ve en sonunda ailesiyle tanışıyorsun, tamam artık oldu derken...

Gidiyor...

Diğerine geçiyorsun yine aynı şeyler; anlatıyorsun, seviyorsun, düzelip düzeltiyorsun, hayal kuruyorsun...

Gidiyor...

Başka bir ilişkiye başlıyorsun, ama daha yorulmuş, daha bitkin, daha öylesine... Ve bir sonrakine ne gücün ne zamanın ne hayalin ne de sabrın kalmış oluyor. Elindekilerin hepsini birer birer yere atıp kendini katlayıp dolaba koyuyorsun.
Sonuç?
Sonuç ben işte...
Duygusuz, tahammülsüz, hayatında aşktan vazgeçmiş, susmuş birisi... Eminim ki sen de öylesin. Artık o kadar kendini anlatıp tanıtmaktan yoruldun ki ne birisine sabrın ne de takatin var.

Ve ben bir şeye karar verdim. Artık birisi benim için çabalasın. Bu zamana kadar her zaman ben anlattım, ben sevdim, ben yaptım, ben ettim.
Yeter!

Bir insan da lütfen benim için bir şey yapsın, ufacık bir çaba göstersin. Mesela sevdirmeye çalışsın kendini, ne bileyim sabah uyandığımda benden önce yazsın, beni bu sefer o kontrol etsin; aç mıyım, tok muyum, nasılım diye dert etsin kendine, sormadan edemesin.

Çok mu bir şey istiyorum?

Hayatta tek istediğim şey bir insan beni düşünsün, sadece bu kadar. Çok zor değilim aslında, büyük beklentiler içinde değilim. Düşünsün; çünkü ben kendimi umursamamaya başladım. Öylece bıraktım kendim, rüzgârda oradan oraya savruluyorum. Birinin beni düşünmesine ve sahip çıkmasına ihtiyacım var.

Yoksa ne mi olacak?

İyice duygusuz, iyice yalnız biri olacağım ve ben bunu istemiyorum. Benim hâlâ umudum var. Birisi çıkacak, kendini nasıl düşünüyorsa, beni de öyle düşünecek.

Ben bekliyor olacağım...
Seni bekliyor olacağım...

İnsanların Kanatlarını Kırıp, Uçmalarını Bekleyemezsiniz!

İnsan sevdiğinin tatili olacak, sorunu değil. Yani ben birinin yanına gittiğimde, onun yanında sorunları düşünmemeliyim. Çünkü sen benim en özelimsin; cebimdeki parayı bilen, annemin beni sevmediği anları gören, uyandığımdaki günaydınımsın. Neden sen benim için sorun olasın ya da neden seninle sürekli kavga edeyim? Seninle kavga edelim, sorun yaşayalım diye değil, ben seninle dünyayı daha güzelleştirelim diye beraberim.

Yani beraberdim...

Ama senin hayatında bir sorun olduğumu bilmek... Bu beni biraz üzmüş olabilir hatta yıkılmış olabilirim. Ben senin en özelin olduğumu düşünüyordum ki hâlâ da öyle düşünüyorum.
İnsan, kendisinin sevilmediğini bilmeyi istemiyor. Kabul etmek içinden gelmiyor. Yani madem beni sevmiyordun o zaman neden bu kadar zaman geçirdik değil mi?

Bu sorular böyle büyür gider, sen de altında kalırsın. Ben karşımdaki insanı hiçbir zaman üzmek istemedim; evet, sinirli anlarım ve garip huysuzluklarım olabilir ama bir damla gözyaşına bile kurban olurum senin, bu içtenliği biliyorsun.

Onun sorunu benim sorunum demektir. Aç mı tok mu, bunları geçtim. Rahat uyuyor mu, bunu bile düşünürüm. Düşünürüm de kimin umurunda ki... Meğerse onun bugüne kadar

ne aşkı ne de tatili olabilmişim. Ben kendimi bir şey olarak tanımlayacaksam ancak bayram tatili olurum; bir önceki sevgilisini unutmak için zaman geçirdiği...
Ona yapamadığı siniri, sıkıntıyı bana yaptığı... Ondan alamadığı hayat intikamını benden aldığı... Kısa bir bayram tatili işte... Geçici bir durak, iyi hissetmek için kullandığı basit bir araç...

İnsanlar tatillerini yaparlar ve hiçbir zaman arkalarında bıraktıklarını toplamazlar.

Sen gidip kaldığın otelin çarşaflarını değiştiriyor musun? Dikkat ediyor musun kirlenmesin diye?
Hadi ama yapmayın, kimse bunu yapmıyor.
Hayatta keşke şöyle yapabilsek; bari bulduğumuz gibi bıraksak bir şeyleri değil mi?
Beni bulduğu gibi bıraksa ona da razıyım ama gelen geliyor ve beni darmadağın edip arkasına bakmadan gidiyor.
Sonra da kendi kendini toplamanı bekliyorlar.

İnsanların kanatlarını kırıp uçmalarını bekleyemezsiniz! Ama her kanadını kırdığınız insan gökyüzünün rengini biliyor, unutmayın...

Biri gelir kanatlarına merhem değil, aksine ona kanat olur. Aşağıdan seyreder, uçmayı hayal edersiniz. O yüzden eğer seviyorsanız sevin, gidecekseniz gidin. Çünkü insan sevdiğinin sabah kahvaltısındaki son lokmadır. Her şeyi yer en son onu öpersin. O doyduysa sen de doyarsın. Bir olmak böyle bir şeydir. İnsanlar bir olmadan bir adım atıyorlar sonra da ayrılıyorlar.

Keşke hayat sanayideki gibi iki zımpara boya yaparak geçseydi. Ama herkes yamalı... Herkes sahte...

Kavgalar sanırım sahte olmayan tek şey...
Aşklar, sevgiler sahte...
Kavga, nefret gerçek...

Hangisine inanmak istiyorsan ona inan ama şu an kendime ve sana söz veriyorum, bir daha bir olmayacağım hiç kimseyi hayatıma almayacağım.

Sana söz!
Ben kendime tatil değil, hayat arkadaşı bulacağım...

Hayvan Herifin Tekiyim!

Bazı insanlar dedikleri için pişman olurken bazı insanlar diyemedikleri için pişman oluyor. Ben bu sefer gerçekten söylediklerim için çok pişmanım. Hani çok sinirlenirsin ve ağzından çıkanı asla kulağın duymaz ya... Aynen öyle bir şey...

Ben sinirlenirim, başlarım bağırmaya çağırmaya. Sanki dünya yanıyor ama yok; hırsımı illaki çıkaracağım. Hırsımı alamadım mı? Çıkar giderim dışarıya, belki kilometrelerce araba ya da motor kullanırım. Kimse beni bulamasın isterim. Böyle yer yarılsın da içine girmek isterim. Çünkü o sırada giderim ya; hani yoldasındır, uzaklaştıkça uzaklaşırsın ve o an söylediklerin böyle kulaklarında yankılanmaya başlar; ettiğin küfürler, hakaretler, aptalca haller, tavırlar...
Sonrasında insan çok utanıyor be...
Bu kadar da söylenmez be diyor, diyor da iş işten geçmiş oluyor. İş işten geçtikten sonra ne geriye dönebiliyorsun ne de kaybettiğin seni affetmiş oluyor. Kırılan bardak yeniden onarılmıyor.

Bazen kendime o kadar kızıyorum ki, hatta kendime küfür bile ediyorum. Empati yapıyorum, şu söylediğin lafları biri sana söylese ne yapardın diye. İki dünya bir araya gelirdi ama yine de affetemzdim galiba diyorum.

Sonuç ne mi oluyor tüm bunlardan sonra?

Sonuç mutsuzluk, sonuç hüzün, sonuç yalnızlık. Çünkü hayvan herifin tekiyim ben! İnsanları üzerim ve bazen kendime şunu

derim, "ne gerek vardı bu kadar hayvan olmaya! Sus, otur işte!" Yok ama asla susmam, her defasında düşerim aynı hataya.
Peki neden?

Nedeni şu; "sen babana çektin" diyorlar. Babam da öyle sinirlenince ne dediğini bilmez, duymazdı. Anlık da olsa kaybederdi kendini. Ondan gördüklerim sanki DNA'ma işlemiş. Ama size bir sır vereyim mi, ben babamdan da kötü olmaya başladım. Gözüm karardı mı artık sevdiğim insandan çok ben onu hayatımdan siliyorum. Dün hayran kaldığım insanı bugün silebiliyorum. O kadar tahammülüm bitmiş ki...
Sizin de bitti mi?
Artık etrafında gördüğün, canını sıkamn tek bir hata bile olsa sana fazla fazla batıyor mu?

Ben artık sinirden kusacak dereceye geliyorum. Aslında artık mantığım şu şekilde ilerliyor; sorun varsa kaç oradan, o doğru insan değil. Eğer sorun varsa o yok demektir diyorum ve arkama bakmadan koşa koşa kaçıyorum.
Pişman oluyor muyum? Evet.
Susuyor muyum? Hayır.

Kendimi bazen lanetlenmiş gibi hissediyorum. Sanki çatık kaşlarım çocukluğumdan beri vardı ama onların sonradan oluştuğunu anladığım zaman hayat çoktan beni gaddar ve taş kalpli bir adam yapmıştı. Aynaya baktığım zaman ben seni sevmem, seni kim sevsin diyorum kendime.

Neden?

Sırf bu lanet sinirimden, kim çeksin ki benim sinirimi, küfrümü, huysuzluğumu? Hiç mi sahip çıkmadım peki? Çıkmaz mıyım be...

Bana desin ki hayatını yak, sevdiğim için hayatımı yakarım. Sevince böyleyim. Sakinken dünyaları veririm ama sinirlenirsem... Lanet olsun bana da sevgime de...
Bu yüzden hayvan herifin tekiyim.
Sakın siz, benim gibi olmayın.
Bazı yollardan geri dönülmüyor çünkü.

Gülmek.

Büyük yaraları olan insanların gözlerinden anlarsınız. Mesela onlar çok gülerler. Ben de çok gülerim. Sen de çok güler misin? Ben çok güldüğüm için dışarıdan gören "bunun hiç derdi yok, bu hayatın çemberinden çoktan geçmiş gitmiş" diyorlar. Oysa bilmiyorlar ki hayat benden geçti...
Gidenler de çoktan gitti.

İnsan sabahları uyanıp "hayatım kahvaltı hazır mı" demek istiyor bazen. Sonra da fark ediyor ki ne bir kahvaltı var ne de bir hayatı. Boş bir odada yankılanan cümlelerden fazlası kalmıyor elinde bazen.

İşte tam olarak hayal kırıklarını o an, o saniye anlıyorsun. Yalnız olduğunu, sesini kimsenin duymadığını o boş eve seslendiğinde anlıyorsun. Hayatın gerçekleri tokat gibi vurunca suratına, benim gibi yenilmeyi üzülmeyi çok sevmiyorsan, inadına da kimseye göstermem üzüntümü diyorsan; işte o zaman çok gülüyorsun. İnsanlar hiçbir şeyin yok zannediyor ama senin içinde o sırada fırtınalar kopuyor belki de... Hayatta herkes bir defa âşık olacak.

Tarihe bir bak, dünyadaki en büyük savaşların sebebi bile ilk başta aşk, daha ne olsun? Aşk dediğin şey öyle yerden yere vurulacak bir şey değil ki...

Sen birini seversin biri de seni sever, sonra elbet araya kavgalar girer ayrılıklar girer. Hep mi kötü gider? Gitmez tabi ki.

Mesela benim gibi en dolu şekilde yaşadıysan, hele ki aşkı... Ama böyle canından can gider gibi kaybedeceğin birçok şeyin varken en başta kendini kaybediyorsun. Vazgeçiyorsun kendinden, kimse de kalkıp sana ne oldu demiyor. Demez de...

Bir ilişkinin ortasında bir anda uyandırılıp sana, 'ben senden ayrılmak istiyorum' diyen oldu mu? Ya da kahvaltının son lokmasında "ben artık tamamen gidiyorum" diyen oldu mu? O son lokma geçmez boğazından, ağzında dakikalarca çiğner durursun. Aynen öyle işte... Hayat tokat atar yutkunamaz, içine ağlarsın.

Ama dedim ya, içime ağlarım. Birisi benden ayrılırken bile gülerim. Teşekkür eder kalkarım. Gözyaşlarımı kimsenin görmesini istemem. Onlar benim gözyaşlarım, senin için akıyor olabilir ama görmen için çok çaba sarf etmen gerek. Neden biliyor musun? Ben mutlu olunca da ağlarım çünkü. Kendi kendimi bazen ilerideki eşimin hamile olduğunu bana ilk kez söyleyeceği anı hayal ediyorum. Bunu söylediği o mucizevi ânı hayal ediyorum ve tam da o an gözlerim doluyor. Kendi surat ifademi çok net görüyorum o anı yaşamasam da ve sonrasında ağlamaya başlıyorum.

Bu zamana kadar yanında mutlu bir şey olmadıysa ve ben ağlamadıysam bunun sebebi üzülünce de gözyaşlarımı göremeyecek olması. Onlar benim gözyaşlarım, sebebi sen olabilirsin ama sonucu benim.

Bir cümledeki işi sen yapabilirsin ama kendi dünyamda her zaman yüklemi ben belirler, noktayı her zaman ben koyarım.
Şu an ne mi yapıyorum? Sadece sırıtıyorum...
Sen de öyle yap bence, merak etme iyi gelir...

İyi ki Varsın.

Yorulduğunun farkındayım ama merak etme, ben de çok yoruldum. Kendi kendine ne zaman bitecek bu yorgunluk diyorsan hiç şüphen olmasın; dünyadaki her insan, zengininden fakirine, zayıfından güçlüsüne hepimiz soruyoruz bu yorgunluk ne zaman bitecek diye...

Tatlı bir yorgunluk diyelim biz buna. Çünkü dünyada hiçbir emek karşılıksız kalmaz. Hiçbir çaba yerde kalmaz.

Mesela sen ve sevgilin bu kadar denedin, sıkıldın, üzüldün, kırıldın; olmuyorsa olmuyordur. Peki ne öğrendin? O ve onlar gibi insanları tek bakışlarıyla anlayabilirsin dimi? Artık tek bir bakış, ufak bir gülümseme yeter. Bak, emeklerin karşılıksız kalmamış, kendine bir şeyler katmış bulunuyorsun. Bu da bir şeydir.

Onlar kendilerine ne katıyorlar peki? Senin gibi özel insanların kaybedilmemesi gerektiği düşüncesini. Az şey değil...

Evet bir tanem aynen öyle. O seni terk etmiş olabilir, üzülen taraf sen olabilirsin ama şunu düşün; senden başka kim çeker onu? Kim kahrını çeker? Kim umursamazlığına dayanır? Kim senin gibi sever?
Hiç kimse...
Şu an farkında olmayabilirler, gülebilir, daldan dala zıplayabilirler. Elbet bir dala zıplayabilir, o dal kırılabilir ve aynı senin ona âşık olduğun gibi o da bir başkasına âşık olabilir.

Peki o ne olacak?

Karma...

Senin gibi kimse ilgilenmeyecek...
Senin gibi kimse bakmayacak...
Senin gibi sevip sarılmayacak...

Orada kocaman bir boşluk yaşayacak ve şunu diyecek; keşke onun gibi davransa...

Ama o tren geçti, yolcular indi. Artık kim nereye gittiyse gitti.

Çok fazla kafana takma yani.
Ben sana takma diyeceğim ama sen gene de takacaksın biliyorum. Şunu unutma, hiç kimse olmasa bile ben buradayım ve seni çok seviyorum.

Ve biliyor musun, sen gülümseyince çok güzelsin. Bana inan. Onlar dışarıdaki yağmurdan kaçacak olan insanlar. Sen o yağmurun altında el ele tutuşup yürüyeceğin insanla olacaksın. Yanılgıların doğruya ulaştıracak seni.
Ben sana ve güzel kalbine emin ol o kadar çok inanıyorum ki...
Kimse değerini bilmese bile ben senin değerini biliyorum ve gün gelecek o aradığın aşk kapını çalacak. Bu sefer evde kimse yok demeyeceksin. Sen daha günaydın yazmadan günaydın yazacak, sen ağzını açmadan "ben de seni seviyorum" diyecek. Nereden mi bilecek?
Söylemene gerek yok, sen zaten o güzel gözlerinle anlatıyorsun kimi ne kadar çok sevdiğini.

Güneşin dili olsa onun gözleri kadar parlayamam der, bunu unutma. Senin kalbindeki iyiliği ben ve etrafındaki herkes görebiliyor. Hem belki de hayırlısı budur senin için. Bazen kadere teslim olmak gerekir.

Allah bir şeyi geciktiriyorsa daha iyisini hazırlıyor demektir ve sen her şeyin en iyisini hak ediyorsun. Ben de dahil olmak üzere, bu kadar güzel sevdiğin için, sevginin ne demek olduğunu bildiğin için sana teşekkür ederim.

Bu aralar kimse kimseye iyi ki varsın demiyor.
İyi ki varsın bir tanem...
İyi ki varsın...

İyilik Kazanacak.

İnsanlar hem uçmanı bekliyorlar hem de kanatlarını kırıyorlar. Madem kırıp dökmeyi biliyorlar o zaman neden bir umut bekliyorlar ki? Seni her zaman sevebilirim ama beni üzmediğin sürece, çünkü daha fazla üzülecek gücüm kalmadı.

Sürekli seni üzen kıran birisini insan nasıl sevebilir ki?
Hak yemekten bıkmayan insanlar kendi kendimize tamir olmamızı bekliyorlar. Ama biz ne bozulan bir şeyiz ne de kendi kendini tamir edebilecek meziyette bir usta...

Taş bile olsa ortadan ikiye kırılır, insana kim bilir neler olur artık bunu bir düşünün.

Yani düşün! Beni artık üzme. Kalbimi yeteri kadar kırdın, parçalandım. Hem beni karanlığa sokup sonra bana ışığı hayal et deme! Ya ışık ol ya da git. Çünkü artık buna dayanacak gücüm kalmadı.

Ben artık kendimi tanıyamaz oldum. Eskide gülen, her şey güzel olacak diyen, en umutsuz anlarda "boş verin hadi artık gülelim" diyen ben! Şimdilerde tek düşündüğüm şey evde kalıp tek başına oturmak. Bir insanın hayat sevincini almak hoşuna mı gitti? Bununla mutlu olacak kadar aciz miydin?

Mutluluk saçan insanların artık hayatlarını karartmayı bırakın, o insanlar başka insanlara güç verirken siz onların her şeylerini elinden alıyorsunuz. Evet, kötülerin dünyası. Ama kötülük de bir yere kadar.

Bırakın bazıları sizinle savaşsın. Savaş tek taraflı oldu mu tadı çıkmaz. Bırakın bazı insanlar iyilikten konuşsunlar. Sevgiden bahsetsinler ve sevsinler de... Çok zor olmamalı gülücükler saçan bir insanın hayatına girmemek, girip de onu mahvetmemek.
Sevmiyorsanız girmeyin...
Sevmiyorsanız bakmayın...
Sevmiyorsanız inandırmayın...

Çünkü inanıyoruz. Sevmek günah değil. İnsanların elindeki üç kuruşluk umutlara, gülücüklere göz dikenler her zaman olacak ve sonları felaket olacak.

Ama ne oluyor biliyor musun; evet, evimizde sessizce oturuyoruz. Ne dünyaya bakıyoruz ne de camdan bir başkasına ama gün gelecek o evden çıkacağız. Ve evden çıktığımız gün kötülük bizi yenemeyecek. O suratınıza yalandan taktığınız maskeleri görüyor olacağız.
Ve sadece size gülümseyeceğiz. O kadar.

Gözünde ufacık olan ben, gün gelecek seni unutacağım. Gözümün içine bakıp doya doya seni seviyorum dediğin zaman o maskenin altındakini görecek kıvama geleceğim ve sana güleceğim.

Evet, şu an seni gördüğümde hala sana kanabilir, inanabilir, önünde ufalıp kaybolabilirim.
Ama dünyada her şeyin bir sonu var ve maalesef senin de sonun var.
Seni unuttuğum gün miladım olacak ve sen dışardan sadece beni izleyeceksin. Bu hikayedeki rolün bu kadar olacak.
Çünkü ben, beni gerçekten seven birine âşık olacağım. Çünkü sende yaptığım yanlışları onda asla yapmayacağım.

Gerçekten onun olacağım.

Çünkü senin yaptıklarını ezberlemiş olacağım ve aynı yalanlara bir daha kanmayacağım. İnsan bir kere yalnız kalır, bir kere susar, bir kere üzülür. Sonra ne mi olur? Alışır. Ben de alışıyorum...
Yalanlara, kötülüklere, nefretlere alışıyorum ve seni tanıdıktan sonra kötü insanları ayırt edebiliyorum.

Benim yeniden sahip olacağım gülüşlerim senin ve senin gibilerin en büyük cezası olacak.
Gün gelecek iyilik kazanacak.
İyiliği yenemeyeceksiniz!
Sana sözüm olsun!

Unutma, Her Şey Senin Elinde.

Ne olacağını görmek için sonuna kadar gittim ama gittiğim yer ve gördüklerim bir yalandan ibaretti.
Herkes gider mi?
Herkes gider...
Peki her gelen acı çektirmek için mi geldi? Yoksa kendini rahatlatmak için mi? Belki de onun yara bandı sendin. Ne kadar acı çektiyse ona inat sana sırtını yaslamak istedi ama şunu unuttu; peki ya sen? Senin hislerin duyguların yok muydu? Vardı tabi... Fakat o bunu fark etmedi. O an tek istediği şey küçük bir çocuk gibi yağmurdan saklanmaktı. Evet, ona kol kanat gerdin, kırıktı ruhu tamir ettin, merhem oldun.
O ne yaptı?
Gitti...

Hiçbir hasta, doktorunun yanında sonsuza dek kalmak istemez, unutma. O da bunu yaptı; iyileşti ve gitti. Bazen bu hayatta merhem oluruz, o yüzden hayatımıza giren insanların her zaman geçmişine biraz bakmamız gerekiyor.
Ne yaşadı?
İlişkisi ne zaman bitti?
En basitinden neden seninle beraberdi?

Farkındayım, sen ve ben sevgiye açız ve bir yerden sonra kim gelirse gelsin sevmek, sevilmek istiyoruz. O kadar ihtiyacımız var ki senin benim, en çok da onun sanırım...
Ona da hak veriyorum...

Hadi biz sevildik bir süreliğine de olsa ve sonunda terk edildik. Ama o daha önce hiç sevilmedi. Aylarını yıllarını verdi ama olmadı, olduramadı.
Ve tek derdi neydi biliyor musun?
Sevilmek, sadece sevilmek...

O da dayanamadı ve sana geldi. Sen de onu sevdin. Üzülme, dünyanın en güzel şeyini yaptın. Sadece o bunun ne olduğunu bilmediği için belki de korktu. Çünkü sevmek ve sevilmek nedir bilmiyor...

Biz seninle beraber bunu çoktan öğrendik. Bence şu an onu affetmeliyiz. Güneş doğabilir, dünya dönebilir, karanlık olabilir ve içtiğimiz çay her zaman şekersiz olabilir. Yine de yenilmeyeceğiz. Kaybetmek ne zaman bize yakıştı? Ne zaman kaybettiğimiz zaman bunu kabul ettik?
Hiçbir zaman...

Ne dedik?

Elbet ayağa kalkarız; kimseye gerek kalmadan, tek başımıza elimizden geldiği kadar... Eğer yerde kalıyorsam bu benim istediğim içindir, birileri beni yakıp yıkıyor diye değil! Hem biraz da en dibi görmek gerek.
En dibi görmeden gökyüzünü hayal demeyiz...

En dip gerçektir. Tıpkı ölüm gibi. Hani ailemizden biri ölür, zengin de olsan, fakir de olsan, güçlü de olsan, güçsüz de olsan bunu değiştiremezsin. Çünkü en dip orasıdır. Korkma! O da geçecek, onu da unutacaksın. Hayallerimiz gerçek olana kadar gökyüzünü hayal edeceğiz. "Elbet bir gün" diyeceğiz ve istediğimiz zaman yerden kalkıp tüm gücümüzle yukarı doğru ağır ağır tırnaklarımızla tırmanacağız.

Sen de şimdi benim gibi seni en dibe çekenlere, seni o uçurumdan atanlara teşekkür et. Çünkü onlar sayesinde güçlüsün, onlar sayesinde gökyüzünü hayal edip, oraya çıkmayı biliyoruz. Hayallerimizi oraya kadar ulaştırabiliyoruz.

Bazen gün gelir o gökyüzüne çıkar, sırf keyif olsun diye kendimizi aşağı bırakırız. Nasıl olsa yukarı çıkmayı biliyoruz, yeniden çıkarız.
Ya bilmeseydik?
Unutma, her şey senin elinde...

Veda Ederken...

Etrafınızdaki insanları ihmal etmeyin. Evet, hayat geçiyor ve etrafınızdaki insanlar da yaşlanıyor. Mesela aile büyükleriniz varsa arada çiçek alın, pasta, börek alın, doğum günü olsun veya olmasın alın üfletin. Çünkü eskilerde böyle kutlamalar, pasta börekler yoktu. Çoğu dedemizin ninemizin, nüfus cüzdanları bile onlar doğduktan belki aylar sonra çıkarılmış, kesin doğum tarihlerini bilmiyorlar.

Bir video izledim, bir teyzenin ilk defa doğum gününü kutluyorlardı. O kadar saf, o kadar temiz, kirlenmemiş bir mutluluktu ki size bunu anlatamam. Görseydiniz o yüzündeki ifadeye kurban olur, içinize içinize ağlardınız.

Hayatta pişmanlıklar çok ve gerçekten bir şeyleri zamanında yapmazsanız sonrasında çok geç olabilir. Bu dünyada hiç doğum günü kutlanmamış birinin doğum gününü kutlamak istemez miydin? Şöyle pastalı, börekli, balonlu, mumlu falan... Düşünsene. O teyze bu yazdıklarımı okumayacak ama ben onu bir ömür boyu aklımdan çıkarmayacağım.

Hayat gerçekten çok kısa. Dün ortaokula gidiyordum, bugün otuz bir yaşındayım. Annemi kaybettim herkes bilir. Sekiz sene olmuş... Sekiz koca sene... O gün çocuğum doğsaydı şu an ilk okula yazdıracaktım. Belki de şu an boyum kadardı ve konuşabiliyor, koşabiliyordu...

Hayat çok kısa çok! Etrafımızdakilerin değerini bilelim ve öyle de yaşayalım. Mesela her gün benim ya da senin doğum günün olabilir. Ne var yani, her gün doğum gününü kutlayabilirsin.

Bence şu an annene sorsan, desen ki; "ya anne hayatta yaptığın en doğru şey nedir?" Muhtemelen o şöyle diyecektir; "sensin yavrum."

Senin bu dünyaya gelmen bir mucize ve evinizde, hayatınızda yaşlı bir birey varsa bunu okuduktan sonra gidip ona pasta alın; üstüne de iki tane mum koyun. Bu çok bir şey değil. Tıpkı bir çocuk sevindirmek gibi... Videoyu internetten bulabilirsiniz. Hatta şu an sizin için bakacağım, adı tam olarak şu şekilde; "İlk defa doğum günü kutlayan tatlı tonton teyze. Mutluluğuna bakın!" İzleyin, anlayacaksınız zaten...

Hatta sizinle şöyle bir anlaşma yapalım; kim bunu yaparsa bana videosunu çeksin, ben de sizi etiketleyerek paylaşacağım, söz! Mutluluğumuzu paylaşarak güzelleştirelim.
Mutluluk paylaşınca güzel...
Hayat paylaşınca güzel...

Sizleri çok seviyorum. Bu kitapta size hayatımı anlattım. Aldatılmışlığımı ve üstesinden nasıl geldiğimi anlattım. Yalan söylendiğinde nasıl sustuğumu, onu nasıl özleyip nasıl unuttuğumu anlattım. Güç vermek için değil, hepimizin yaşadıkları aynı diye anlattım. Aynı hikayelerin ortak kahramanlarıyız biz. Siz ve ben aynıyız, biriz, yaşadıklarımız aynı, düşündüklerimiz aynı, sevinçlerimiz göz yaşlarımız aynı....

Etrafınızdaki insanları ihmal etmeyin. Benim hayatta sadece babam (dedem) kaldı. Ömrümün sonuna kadar onunla olmaya razıyım ve öyle de kalacağım...

Bana doğum günü videosu çekip atın. Bunu çok istiyorum. Onların o güzel yüzlerini görmek istiyorum.

Ve unutmadan, artık her gün doğum günümüz.

İyi ki hepimiz doğduk ve iyi ki beraberiz.

Sizi seviyorum.